루비앙의 비밀

루비앙의 비밀
ⓒ 들녘 2010

초판 1쇄 발행일 2010년 7월 23일

지은이 쿠지라 도이치로
옮긴이 안소현
펴낸이 이정원
책임편집 곽성규
펴낸곳 도서출판 들녘
등록일자 1987년 12월 12일
등록번호 10-156
주소 경기도 파주시 교하읍 문발리 파주출판단지 513-9
전화 (마케팅) 031-955-7374 (편집) 031-955-7381
팩시밀리 031-955-7393
홈페이지 www.ddd21.co.kr
블로그 http://blog.naver.com/buchheim

ISBN 978-89-7527-910-2 (04830)
      978-89-7527-900-3 (세트)

값은 뒤표지에 있습니다.
잘못된 책은 구입하신 곳에서 바꿔드립니다.

루비앙의 비밀

지은이 쿠지라 도이치로
옮긴이 안소현

● 등장인물 소개

❋ 기타모토 레이 _
시부야고등학교 2학년 학생
❋ 기타모토 히데키_
레이의 아버지. 세이조대학교 식물 연구소에 근무하는 식
물학자
❋ 기타모토 요코_
레이의 어머니. 고등학교 영어 교사
❋ 타카토 케이이치_
레이의 동급생. 들풀 연구회 회원
❋ 이마하리야마 아야_
레이의 동급생. 들풀 연구회 회원
❋ 이노하나 키요시_
레이의 선생님. 과학 교사, 들풀 연구회 고문
❋ 진 마사유키_
세이조대학교 식물 연구소 연구원
❋ 니시가타 사토미_
세이조대학교 식물 연구소 연구원
❋ 오오타 구로_
뚱뚱한 중년 형사

❋ 이와마_

자그마한 몸집의 형사

❋ 노시로 루미_

변호사

❋ 나가타 유스케_

주간지 기자

❋ 오사라기 시게루_

통칭 부처. 신주쿠 중앙공원을 본거지로 삼은 노숙자

❋ 이에나가 타카오_

통칭 예수. 신주쿠 중앙공원을 본거지로 삼은 노숙자

❋ 고다마 쿄우지_

폴린 제약 사장

❋ 쿠마자와 요시히코_

폴린 제약 사원

❋ 우치노 타츠오_

폴린 제약 사원

❋ 쿠로토비 에이토_

수수께끼의 남자

왜 꽃은 언제나

대답을 하는 걸까

—키시다 에리코의 시 「밝은 날의 노래」에서

레이의 눈은 분노에 휩싸여 있었다.

8년 만에 아버지를 만나러 가는 길. 전철에 흔들리는 레이에게 주위 승객들은 눈에 들어오지 않았다.

'그 사람은 우리를 버렸어.'

8년 전, 아버지는 레이와 어머니를 남기고 집을 나가버렸다. 레이가 겨우 여덟 살, 초등학교 3학년 때. 아버지와의 추억은 거의 없다. 그때부터 레이의 얼굴을 보지 않은 아버지였다.

레이의 아버지인 기타모토 히데키는 식물학자다. 대학교 연구소에 있을 때도 집에 있을 때도 자신의 연구 말고는 흥미가 없어 보였다.

'아버지는 나를 싫어해.'

레이는 언제부터인가 그렇게 생각하기 시작했다.

자신의 이름은 레이(レイ)라고 가타카나로 쓸 때가 많지만 사실은 '기타모토 레이(北元冷)'라는 한자를 사용한다. 아무래도 아버지가 붙여준 이름인 것 같다. 그래서 그게 싫어 가타카나로 쓰는지도 모르겠다.

이제 레이는 고등학교 2학년이 되었다. 키는 평균보다 조금 크다. 수영선수처럼 균형 잡힌 몸매지만 운동은 아무것도 하지 않는다. 날카로운 눈매는 웃으면 우아하게 둥그스름해진다.

'엄마도 참 너무해.'

레이의 분노는 함께 사는 어머니한테도 향했다.

레이의 어머니 기타모토 요코는 서른여덟 살로 고등학교 영어교사다. 키는 비교적 큰 편이고, 부드러운 웨이브가 들어간 긴 머리가 잘 어울린다. 남편과 별거할 당시에는 다소 야위었지만 그 충격을 잊으려는 듯 정열을 쏟아 교사로서 일하고 있다.

하지만…….

'그 정열을 나에게 쏟지 말기를.'

어머니가 딸에 대해 갖고 있는 마음은 '좋은 대학에 합격하기 바란다', 단지 그 정도로만 느껴졌다. 특히 자신의 전공인 영어에 대해 어머니는 엄격했다. "어째서 이런 걸 모르니?", "그러다가 좋은 대학에 못 가" 하는 말을 들을 때마다 답답함을 느꼈다.

어머니의 기대에 짓눌리는 느낌이었다. 레이는 원래 마음이 여리다. 어머니가 특별히 엄격한 게 아닌지도 모른다. 평범하게 대화도 나눈다. 하지만 공부에 대해서는 사정을 봐주지 않았다. 그것이 딸을 위해서라는 건 레이도 안다. 딸을 소중하게 여기기 때문에 엄격하다. 그렇지만 말다툼을 할 때는 '엄마는 나 같은 거 싫어해'라고 생각하게 된다. 화해하고 싶어서 말을 걸어도 대답조차 하지 않을 때는 특히 더 그렇다.

5년 전부터 레이는 혼자 살고 있다. 스스로 그렇게 생각하고 있다. 아침에 토스트도 어머니가 아니라 레이가 직접 만들었다.

전철이 내릴 역에 가까워져왔다. 레이는 가방 안에 든 이혼서류를 확인했다.

'오늘은 꼭 매듭을 짓자.'

레이의 부모님은 8년이나 별거 생활을 계속하고 있다. 아직도 갈라서지 않는 부모님에게 지쳐서 레이는 마음대로 이혼서류를 들고 아버지를 만나러 가는 길이다. 레이는 마음이 여린데도 엉뚱한 실행력을 이따금 발휘한다. 자신을 세상에 맞추는 걸 모르는 미숙함에서 나오는 행동인지도 모른다.

기타모토 히데키와 요코는 17년 전에 결혼했고 1년 후에 레이가 태어났다. 그리고 8년 전에 별거…….

아버지가 이혼서류에 도장을 찍어준다면 어머니에게 들이밀고 두 사람을 이혼시킨다. 이런 식으로 결론을 내리지 않으면 자신도 어머니도 앞으로 나아갈 수 없다.

레이는 이혼서류가 들어 있음을 확인하고 가방을 닫았다. 전철이 멈추고 레이는 역에서 내렸다.

봄바람이 레이의 어깨까지 내려온 머리카락과 크림색 원피스를 살랑살랑 흔들었다. 잠깐 숨을 들이마시고 문고판으로 된 도쿄 도 지도로 길을 확인했다. 방향감각이 좋은 레이는 개찰구를 나간 뒤에는 그다지 망설이지 않았다. 성큼성큼 아버지가 사는 맨션을 향해 걸음을 재촉했다.

선로 옆에는 방가지똥의 노란 꽃이 피어 있었다. 방가지똥은 국화과의 들풀이다. 육교 밑을 빠져나가자 땅바닥에 큰개불알풀이 무리를 지어 피어 있었다. 레이는 그 창백하고 보랏빛이 도는 짙은 파란색 꽃들을 힐끔 쳐다보고 다시금 결심했다. 큰개불알풀은 현삼과의 두해살이풀로 가련한 꽃을 피우는 레이가 가장 좋아하는 들풀이다. 영어로는 'bird's eye'라고 한다. 꽃의 수명은 단 하루인데 그것도 햇빛이 비칠 때만 핀다.

강아지풀과 큰이삭풀처럼 꽃이 눈에 띄지 않는 들풀도 주변에 피어 있었다. 레이는 그 풀들을 보면서 걸어갔다.

문득 어린 시절의 기억이 되살아났다.

그게 유치원 무렵이었던가. 그때 레이는 마당에서 아버지와 들풀을 바라보고 있었다.

기억 속의 아버지는 단정한 얼굴 생김새였고, 조금 긴 앞머리에는 윤기가 흘렀다. 아버지는 레이를 보고 웃었다. 그리고 레이와 뭔가 약속을 했다.

'무슨 약속이었을까.'

레이는 그 추억을 머릿속에서 떨쳐냈다. 아무래도 상관없는 먼 과거의 기억. 왜 그런 기억이 갑자기 되살아났는지는 알 수 없다. 어쩌면 부모님을 이혼시키려고 하기 때문에 감상적인 기분에 젖었는지도 모른다.

하지만 과거는 과거고, 현재는 현재다. 레이는 앞을 보며 걸어갔다. 레이의 날카로운 눈이 목적지인 맨션을 찾아냈다.

'저기다!'

주위에 높은 건물이 없는 걸로 보아 틀림없으리라.

레이는 맨션에 도착해서 입구에 설치된 인터폰의 버튼을 눌렀다. 대답이 없다. 호수는 틀림없는데…….

다시 한 번 눌렀다. 역시 대답이 없다.

'이상하네.'

오늘 찾아간다고 전화로 말해두었다. 다시 한 번 눌렀지만 역시 대답이 없다. 어떻게 해야 하나 망설이고 있을 때 안에

서 사람이 나왔다. 문이 열렸고, 레이는 재빨리 안으로 들어
갔다.

'다행이야.'

레이는 계단을 발견하고 원피스 자락을 나부끼며 뛰어올
라갔다. 집은 404호. 엘리베이터가 설치되어 있었지만 레이
는 엘리베이터를 기다리는 시간을 좋아하지 않았다. 4층까
지는 반드시 걸어서 올라갔다. 404호에 도착해서 인터폰을
눌렀다. 여전히 대답이 없다. 문손잡이를 잡고 돌리자 찰칵
소리를 내며 돌아갔다. 그대로 앞으로 밀자 문이 열렸다.

'뭐야, 허술하잖아.'

레이는 조심스레 현관 안으로 들어갔다.

"레이예요."

말을 걸었지만 반응이 없다.

"들어갈게요."

그렇게 말하고 나서 레이는 신발을 벗었다. 복도를 지나치
는데 남자가 위를 향한 상태로 쓰러져 있는 모습이 눈에 들
어왔다. 가슴에는 뭔가가 꽂혀 있었다.

레이는 숨을 죽였다.

'아빠……'

레이는 달려갔다.

아버지와 만나지 않은 8년 동안에 레이는 성장했고 얼굴

도 변했다. 하지만 아버지의 얼굴은 그대로였다. 눈을 감고 있었지만 못 알아볼 리가 없었다. 쓰러져 있는 사람은 레이의 아버지 기타모토 히데키였다.

"아빠!"

무슨 일이 생긴 걸까. 어떻게 해야 좋을까. 그저 아버지를 부르는 수밖에 없다. 레이의 입술이 부들부들 떨렸다.

기타모토 히데키의 가슴에 깊숙이 꽂힌 칼이 보였다. 레이는 자신도 모르게 반사적으로 그 칼을 잡고 힘껏 뽑았다. 기타모토 히데키의 입이 희미하게 열렸다. 이어서 자그마한 신음소리가 새어나왔다.

"아빠!"

레이는 아버지의 목덜미에 손을 두르고 흔들면서 다시 한번 불렀다. 기타모토 히데키가 눈을 떴다. 레이는 숨을 죽였다. 기타모토 히데키가 레이의 눈을 똑바로 응시했다.

"레이……."

기타모토 히데키가 얼굴을 일그러뜨리며 중얼거렸다.

"어째서 이런……."

레이가 속삭이듯 말했다. 그 이상의 말은 나오지 않았다.

기타모토 히데키의 입이 뭔가 말하고 싶은 듯 달싹거렸다.

"뭐라고요?"

레이는 기타모토 히데키의 입에 귀를 갖다 댔다.

"루비앙……."

"네?"

기타모토 히데키의 눈이 스르륵 감겼다. 목덜미에서 힘이 빠져나갔다.

"아빠!"

레이는 소리쳤다.

"정신 차려요. 눈 떠봐요."

하지만 기타모토 히데키는 두 번 다시 눈을 뜨지 않았다.

2

갑작스런 아버지의 죽음.

원망하고 있던 아버지가 죽었을 때 레이는 몸을 부들부들 떨었다. 한참을 떨고 있다가 레이는 가까스로 정신을 조금 차렸다. 그러고 나서 가장 먼저 했던 일은 가방에서 휴대전화를 꺼내 112에 전화를 한 것이었다. 전화를 받은 경찰이 "사건입니까, 사고입니까?" 하고 물었다. 하지만 넋이 나가 어쩔 줄을 몰라 하던 레이는 "사고입니다" 하고 대답해버렸다. 어머니에게는 연락할 생각조차 하지 못했다. 경찰에 신고한 뒤 맥이 탁 풀렸기 때문에. 자신의 품안에서 한 사람이 죽었다.

게다가 가슴에 칼이 꽂혀서.

잠시 뒤 아버지를 품에 안고 있는 레이의 앞에 제복을 입은 경찰관이 몇 사람 나타났다. 경찰은 금세 이것은 사고가 아니라 사건이라고 인식했다.

경찰이 레이를 끌어안아 아버지에게서 떨어뜨렸다. 그리고 잠시 뒤 경찰청에서 감식반원과 형사들이 들이닥쳤다. 현장 보존을 위해 마킹을 하고, 주위에 경찰통제선을 쳤다. 사건 현장은 순식간에 삼엄해졌다.

"네가 제일 먼저 발견했니?"

뚱뚱한 중년 남자가 물었다. 뚱뚱한 남자는 얼굴과 팔뿐만 아니라 전체적으로 피부가 축 늘어진 모습이었다. 눈 밑에는 커다란 다크서클도 있었다. 아마도 형사일 것이다. 레이는 묵묵히 고개를 끄덕였다.

"죽은 남자와는 어떤 관계지?"

"아빠예요."

레이는 모기만한 소리로 대답했다. 뚱뚱한 남자는 옆에 있는 젊은 남자를 바라봤다. 젊은 남자는 가지를 닮은 얼굴에 몸집이 자그마했다.

"여기가 너네 집이니?"

가지를 닮은 젊은 남자가 물었다. 레이는 고개를 좌우로 흔들었다.

"우리는 이런 사람이다."

두 남자는 명함을 레이에게 보여줬다. 뚱뚱한 중년 남자의 이름은 오오타 구로, 그리고 몸집이 자그마한 젊은 남자의 이름은 이와마였다.

"너희 아버지는 가슴에 칼이 찔려 살해당한 것 같구나. 너는 그 현장을 목격했니?"

오오타 구로의 물음에 레이는 고개를 옆으로 흔들었다.

"범인으로 마음에 짚이는 사람은 없습니까?"

이번에는 이와마가 물었다. 레이는 목소리가 나오지가 않아 고개만 가로저었다. 오오타 구로와 이와마는 한숨을 푹 내쉬었다. 오오타 구로와 이와마는 꼬치꼬치 캐물었다. 하지만 현장에서 이러고 있어 봤자 소용없다고 판단했는지 결국 근처 경찰서로 레이를 데려갔다. 그곳에서 레이는 어머니와 만났다.

경찰서에서 긴 시간 동안 조사를 받았다. 어머니도 그랬을 것이다. 돌아갈 때는 어머니와 둘이서 경찰차를 얻어 타고 집까지 갔다. 집에 도착한 건 이미 밤 12시가 넘어서였다.

집에 도착하자 어머니 요코는 하염없이 울었다. 옷도 갈아입지 않은 채. 그 모습을 레이는 이상하다는 듯 가만히 바라봤다.

"슬퍼? 무정한 남편이었는데."

"우리는 부부였어."

요코는 눈물을 손등으로 훔치면서 대답했다.

"레이, 네가 괴로웠겠구나. 그런 모습을 봐서."

아버지 가슴에 칼이 꽂혀 있는 광경.

"왜 그 사람은 살해되었을까?"

레이가 중얼거렸다.

"그 사람은 돈도 없는데."

무명의 식물학자인 아버지에게 재산이 있을 리 없었다.

"얼마 전에 네 아버지한테 연락이 왔단다."

"정말? 그게 언젠데."

"일주일쯤 전에. 나한테 뭔가를 전하고 싶은 눈치였어."

"뭔가를?"

"네 아버지가 이렇게 말했단다. '나는 엄청난 비밀을 알고 있다'고."

"엄청난 비밀……. 그게 뭔데?"

"그 이상은 알려주지 않았어. 어쩌면 범죄와 관련된 비밀을 알고 있는지도 모르겠구나. 돈과 관련된 비밀."

"이해가 잘 가지 않아."

"나도 몰라. 하지만 네 아버지는 살해당했어. 네 아버지는 남에게 원한을 살 사람이 아니란다. 그렇다면 돈을 노린 강도이거나 어떤 사건에 휘말렸겠지."

"그 얘기 경찰에도 했어?"

"아직 안 했어. 지금 생각난 거란다."

"경찰한테도 해야 할 텐데."

요코는 고개를 끄덕였다.

그 순간 레이는 기억이 났다. 죽기 직전에 아버지가 한 말이.

"루비앙……."

"응?"

"그 사람이 죽기 전에 한 말. 알아? 루비앙이 뭔지?"

"루비앙……. 모르겠구나."

"뭘까, 루비앙이란 게."

요코는 신중하게 말을 골랐다.

"많은 돈이 있는 곳을 가리키는 말인지도 모르겠구나."

레이는 어머니의 얼굴을 뚫어져라 바라보았다.

3

기타모토 히데키의 사체는 바로 부검에 들어갔다.

칼에 찔린 게 사인이었다. 기타모토 히데키는 과다출혈로 사망했다. 흉기는 식칼이었다. 지문은 첫 번째 발견자의 것으로 칼을 뺀 기타모토 레이의 지문 말고는 검출되지 않았다.

경시청은 즉시 혼고 경찰서 내에 수사본부를 설치했다.

초동수사 때부터 모아놓은 정보를 바탕으로 첫 번째 수사 회의가 열렸다.

"피해자의 이름은 기타모토 히데키. 마흔 한 살. 세이조대학교 식물 연구소에 근무하는 식물학자입니다."

혼고 경찰서의 세오 형사가 보고했다. 학자라는 직업이 드물었는지 조사원 사이에서 "저런" 하는 탄식이 새어나왔다.

"부인과 딸과는 별거 중이었습니다."

한순간 쥐 죽은 듯 고요해졌다. 범행 동기와 연관된 가능성을 감지하는 듯 했다.

"흉기는 어디서 구한 물건이지?"

수사본부장이 이와마에게 물었다. 이와마가 일어났다.

"아직 모르겠습니다."

이와마는 평소처럼 긴장감이 부족한 얼굴로 대답했다. 아르마니 양복 안에는 엷은 분홍색 와이셔츠를 입고 있었다. 그 모습이 몸집이 작은 이와마와는 별로 어울리지 않았다.

"식칼은 대량 유통되고 있는 제품으로 철물점이나 슈퍼마켓 등 어디서나 살 수 있는 물건입니다."

"면식범의 소행일까?"

"틀림없어."

오오타 구로가 앉은 채로 대답했다.

"일단 범인은 수월하게 방으로 들어갔어. 싸운 흔적도 딱히 없었고."

"짐작이 가는 용의자는 있나?"

"있지."

오오타 구로가 히죽 웃었다.

"누군데?"

"피해자의 딸, 기타모토 레이."

"친딸이 아버지를 죽였다고요?"

옆자리에 앉은 이와마가 심드렁한 말투로 물었다.

"그런 사건은 산더미처럼 쌓여 있지. 최근에는 드문 일도 아냐."

오오타 구로의 말에 회의실에 있던 몇 사람이 고개를 끄덕였다.

"근거는?"

수사본부장이 오오타 구로에게 물었다.

"무엇보다도 피해자는 첫 번째 발견자, 즉 기타모토 레이의 품안에서 죽었어. 흉기에 지문도 묻어 있었고."

"그건 레이가 칼을 뺐기 때문이잖아요."

이와마는 피해자와 첫 번째 발견자, 둘 다 성이 기타모토라서 구별하기 쉽게 레이는 이름만 불렀다.

"묻어 있는 지문을 가리기 위해 칼을 뺐는지도 몰라."

"의심이 많으시네요."

"멍청한 녀석. 그게 우리가 하는 일이잖아."

이와마는 어깨를 움츠렸다.

"더군다나 그 눈."

"눈이요?"

"기타모토 레이의 눈 말이야. 그 눈 속에는 공포 외에 원망도 깃들어 있었어."

"그걸 어떻게 아셨어요?"

"알아."

"그게 아버지에 대한 원망이라는 겁니까?"

"그래."

오오타 구로에게는 익숙한 눈이었다. 자기 자식들의 눈과 닮은 눈…….

"어렵게 생각할 거 없어. 부모 자식 사이의 불화로 딸이 아버지를 죽인 거지. 형사로서의 내 감이 그렇게 말하고 있어."

이와마는 모호하게 고개를 끄덕였다. 오오타 구로의 무리한 논리 전개에 어이가 없었지만, 실적이 좋은 오오타 구로의 직감에 신뢰가 되기도 했다.

"오오타 구로 형사, 이와마 형사. 그쪽 방향도 염두에 두고 수사를 전개하게."

본부장의 말에 이와마는 고개를 주억거렸다.

4

상복 차림의 어머니는 무척 아름다웠다.

장례식 때 레이는 멍하니 그런 생각을 했다. 남편이 살해당하고 레이와 둘이 있을 때 기타모토 요코는 하염없이 울었다. 하지만 응어리를 다 풀어냈는지 장례식에서는 눈물을 보이지 않았다. 장례식은 구민장으로 간소하게 치르기로 했다. 부부가 별거 중이었다는 이유도 있고 해서. 그래도 고인의 지인, 부인과 딸의 친한 친구에게 알려서 그런대로 사람이 꽤 많이 모였다.

레이가 다니는 고등학교 친구 두 명도 얼굴을 내밀었다.

귀여운 얼굴로 늘 명랑한 이마하리야마 아야도 오늘만큼은 진지한 얼굴이었다. 레이와 마찬가지로 교복인 세일러복을 입고 있었다. 키가 훤칠하고 상당히 잘생겼지만 농담을 좋아하는 타카토 케이이치 역시 진지한 얼굴이었다.

참석자 중에는 레이를 조사했던 형사 둘의 모습도 보였다. 오오타 구로와 이와마. 불쾌하지만 살인사건이기에 어쩔 수 없다.

기타모토 히데키의 부모님은 이미 돌아가셨고 형제도 없었다. 그래서 장례식 절차는 기타모토 연구실의 연구원인 진 마사유키와 니시가타 사토미가 맡았다.

진 마사유키는 서른다섯 살이다. 스포츠형 머리에 달걀형 얼굴로 평소에는 사람 좋아 보이는 웃음을 머금고 있다. 키는 170센티미터 정도일 것이다. 마른 편이지만 근육은 있어 보였다.

니시가타 사토미는 서른 살이다. 가녀리고 화사한데 활기차게 잘 다닌다. 얼굴이 동그스름하고 애교도 있다. 밝고 말솜씨가 좋아서 직장에서 활력소 역할을 하고 있다.

레이는 멍하니 분향 행렬을 바라봤다.

참석자 중에는 중년 남자가 많았는데, 딱 한 사람 눈에 띄는 여자가 있었다. 나이는 젊은 편으로 20대 중반으로 보였다. 하지만 젊음 때문이 아니라 눈부신 아름다움 때문에 눈에 확 띄었다. 키는 160센티미터 정도. 윤기가 도는 하얀 피부는 또렷한 이목구비를 한층 돋보이게 했다.

그 여자는 분향대 앞에 서서 기타모토 히데키의 영정사진을 오랜 시간 똑바로 응시했다.

레이는 옆에 있는 요코에게 눈길을 옮겼다. 요코도 젊은 여자를 물끄러미 바라봤다.

요코도 그 여자만큼 아름다웠지만, 아마도 열 살은 연상일 듯한 요코에게는 생활에 찌든 냄새가 배어 있었다. 그에 비해 분향을 올리는 여자에게는 생활의 냄새가 느껴지지 않았다. 서 있는 모습에도 빈틈이 없어 보였다.

"아는 사람이야?"

레이는 모기만한 목소리로 요코에게 물었다. 요코는 고개를 작게 가로저었다.

분향이 끝나고 승려의 독경이 끝나자 헌화가 시작됐다. 관속에 꽃을 바치는 의식이다. 요코가 관에 꽃을 넣고 레이의 옆으로 돌아왔다. 그 눈에 눈물이 어려 있었다.

"레이야, 너도 꽃을 바치고 오렴."

"나는 안 할래."

"레이……."

"꽃의 생명을 꺾는 건 좋아하지 않아. 사람이 죽었다고 해서 꽃까지 죽일 필요는 없어."

요코는 뭔가 하고 싶은 말이 있는 듯했지만 입을 다물었다.

장례식은 막힘없이 진행되었고, 요코가 담담하게 인사를 하고 다 같이 식사를 했다.

다들 처음에는 잠자코 있다가 얼마 뒤 소곤소곤 이야기를 하기 시작했다. 화제는 기타모토 히데키의 죽음과 관련된 내용에서 벗어나지 않았다. 사고사나 병사가 아니라 살인사건이다. 그것도 범인이 아직 잡히지 않았을 뿐만 아니라 용의자조차 좁혀지지 않은 상태다. 노인의 장례식에서 들을 법한 그다지 친하지 않은 사람들의 웃음소리조차 없었다.

"이번 일로 고생 많으셨습니다."

잠시 뒤에 맥주병을 들고 진 마사유키가 다가왔다.

"여러 가지로 신세를 지네요. 미안합니다."

요코가 대답했다.

"아닙니다."

니시가타 사토미도 다가와서 진 마사유키 옆에 무릎을 꿇고 앉았다.

"이렇게 귀여운 따님을 남기고 돌아가셔서 기타모토 선생님도 원통하실 겁니다."

진 마사유키의 눈에 눈물이 그렁그렁 고였다.

"저기."

레이는 용기를 내서 진 마사유키에게 말을 걸었다. 초면이지만 물어보고 싶은 게 있었다.

"젊고 예쁜 여자가 왔다 갔어요."

진 마사유키와 니시가타 사토미는 서로 얼굴을 마주봤다. 진 마사유키는 '누구를 말하는 거지?' 하는 표정으로 보였지만, 니시가타 사토미의 얼굴은 순식간에 굳는 것 같았다.

"그러고 보니 있었어요."

진 마사유키가 말했다. 남자인 진 마사유키에게는 젊은 미인이 눈에 들어왔을지도 모르겠다.

"누군지 아세요?"

"음, 모르는 사람이었는데."

진 마사유키는 고개를 갸우뚱했다. 니시가타 사토미에게 얼굴을 돌리자 사토미도 고개를 좌우로 흔들었다. 하지만 그 얼굴에는 뭔가를 두려워하는 듯한 긴장감이 엿보였다고 레이는 생각했다.

"돌아가."

남자 목소리가 났다.

뒤를 돌아보자 입구 근처에서 무슨 일 때문인지 옥신각신 하고 있었다. "돌아가" 하고 말한 사람은 장례회사의 남자인 듯했다. 그 남자는 중년의 사내를 장례식장 밖으로 밀어내려고 했다. 중년 남자는 약간 때 묻은 옷을 입고 있었고, 얼굴은 온통 수염투성이에 머리털도 길어서 뻣뻣해 보였다.

"들어가게 해줘!"

노숙자 같은 중년의 사내가 큰소리로 외쳤다. 하지만 금세 장례회사 관계자 몇 명이 바깥으로 끌어내고 문을 닫았다.

"무섭구나. 장례식 화과자라도 얻어가려고 했나."

레이 옆에서 요코가 중얼거렸다. 하지만 레이는 남자의 눈이 뜻밖에 맑다고 느꼈다.

요코는 마루에 방석을 깔고 앉아 마당을 바라보고 있었다.

레이가 다가와 스니커를 신은 채 마루에 걸터앉았다.

롯폰기에 단독주택을 소유한 건 기타모토 히데키 덕분이다. 기타모토 히데키의 집안은 대대로 롯폰기에 땅을 가진 자산가였다. 하지만 기타모토 히데키의 아버지 대부터 서서히 가세가 기울기 시작했다. 그리고 땅을 방치하고 돈 모으기에 흥미가 없던 기타모토 히데키 대에 이르러서는 남은 게 얼마 되지 않았다. 기타모토 히데키 대에 자산이라고 불릴만한 건 롯폰기 변두리에 있는 방 5개에 마루, 부엌, 화장실이 딸린 2층집 한 채밖에 없었다. 1층에는 방 3개, 마루, 부엌, 화장실이 있고, 2층에 창고 대신 쓰는 방이 2개 있었다. 하지만 기타모토 히데키는 집을 나가고, 요코와 레이 둘만 이곳에 살았다.

"네 아버지랑 나는 대학교 반더포겔(Wandervogel) 모임에서 알게 됐어."

반더포겔이란 젊은 남녀가 그룹을 지어, 산과 들을 도보로 돌아다니는 운동을 뜻한다. 이 이야기는 전에 한 번 들은 적이 있었다.

"왜 그 사람은 나갔어?"

레이는 마당의 괭이밥을 바라보며 물었다.

괭이밥은 붉은 괭이밥과 더불어 이 동네에서 가장 흔히 볼 수 있는 꽃이라고 할 수 있다. 보통 길섶 같은 곳에 피어 있다. 둘 다 괭이밥과에 속하는 식물로 잎은 클로버와 비슷하다.

레이는 식물이라면 뭐든 다 좋아하지만 괭이밥, 주름잎, 큰개불알풀 등 아무데나 피어 있는 조그마한 꽃을 특히 좋아한다. 그 자그마함이 자신의 존재와 비슷하다고 느끼기 때문인지도 모른다.

"여러 가지 이유가 있어서 한 마디로 하기는 어려워. 하지만 결정적인 계기는 크게 싸운 일이지. 그 당시, 내가 나가라고 고래고래 소리를 질렀더니 네 아버지가 정말로 나가버리더구나."

처음으로 듣는 이야기였다.

"하지만 그 편이 아빠한테는 좋았겠지."

요코는 조그맣게 한숨을 내쉰 뒤 대답했다.

"그 사람한테는 연구가 전부였단다. 이 집과 연구소를 왔다 갔다 하는 시간도 아까워했을 정도였으니까."

기타모토 히데키가 이사한 맨션은 대학교 연구소와 상당히 가까운 장소에 있었다.

"그런 네 아빠의 모습에 점점 짜증이 나서 그만 화를 냈어. 네 교육문제에도 늘 무관심했고."

"관심이 지나친 것도 귀찮아."

"레이!"

요코의 목소리가 격해졌다.

"엄마는 늘 공부, 공부만 하라고 해. 지긋지긋해. 이제 공부 따위는 하기 싫어."

"바보 같은 소리 하지 마. 열심히 공부해서 좋은 대학에 들어가야지."

"난 대학 안 가. 노숙자가 되어 풀꽃을 보며 살 거야."

"무슨 소리를 하는 거니?"

"나도 이제 어른이야. 내 일은 내가 결정해."

"너는 아직 세상을 몰라. 어른의 눈으로 보면 아직 어린애라고. 앞날을 생각한다면 좋은 대학에 들어가야 해. 너 자신을 위해서라고."

"그런 식으로 말하지 마."

레이의 머릿속에 정체를 알 수 없는 답답함이 끓어 올랐다.

"나를 위해서가 아니라 엄마를 위해서가 아냐?"

요코의 얼굴이 창백해졌다. 하지만 그 사실을 레이는 눈치채지 못했다.

"엄마는 늘 그랬어. 세상 사람의 눈이 중요한 거야. 나를 정말로 사랑하지 않아."

"무슨 소리를 하는 거니?"

요코의 목소리가 떨렸다.

"내가 말을 시켜도 대답하지 않았어."

말다툼을 했을 때의 기억.

"아무리 내가 화해하고 싶어서 말을 시켜도 무시했어. 나를 미워한다고 생각했단 말이야."

"바보!"

요코가 레이의 뺨을 때렸다. 레이는 마당으로 내려가더니 냅다 뛰었다.

"레이!"

요코는 재빨리 뒤따라가려고 했지만 마루 밑에 신발이 없었다.

"레이, 엄마에겐 네가 제일 소중해!"

레이의 모습은 이미 보이지 않았다. 자신의 말을 들었는지 못 들었는지 요코는 알지 못했다.

아버지가 살해되고 나서 처음으로 학교에 갔다.

레이는 평소대로 행동할 생각이었다. 친구들과도 선생님과도 평상시처럼 이야기를 나누었다. 그다지 슬프지도 않았다. 미워하던 아버지가 죽었으니까. 하지만 수업은 전혀 머릿속에 들어오지 않았다. 자신의 품안에서 사람이 죽었다는 충격은 간단히 가시지 않았다.

'더구나……'

아직 해결해야 할 문제가 남아 있었다.

"레이."

신발장 앞에서 누군가 어깨를 두드렸다. 뒤돌아보니 이마하리야마 아야였다. 아야는 동그란 얼굴에 언제나 꼼꼼히 화장을 하고 다닌다. 성적은 하위권이지만 그다지 신경 쓰지 않는 눈치였다.

"괜찮아?"

"응."

"가는 길에 맥도널드에 들르자."

레이가 대답을 망설이는 동안 타카토 케이이치가 다가왔다.

"레이, 특별활동 하러 가자."

레이를 비롯해서 세 사람은 들풀 연구회 회원이다. 세 사람이 회원의 전부지만.

들풀 연구회는 레이가 만든 모임이다.

레이는 과학 교사인 이노하나 키요시를 억지로 고문으로 추대하고, 학교 측에 정식 특별활동으로 인정을 받았다.

정식 모임으로 인정받으려면 최소 인원이 셋은 되어야 했다. 결국 특별활동을 하지 않는 아야와 케이이치를 가입시켰다. 두 사람은 레이와 다른 반이지만 1학년 때 친구로 사이가 좋았다.

"알았어."

아야와 케이이치 모두 진심으로 들풀 연구회 모임을 가지

려는 생각은 아닐 것이다. 둘 다 레이와 이야기를 하고 싶었던 거다. 그리고 위로해 주고 힘이 되어주고 싶다고 생각한 게 틀림없다.

레이는 케이이치와 영화를 보러 가기로 한 약속을 떠올렸다. 레이에게 첫 데이트가 될 수도 있었는데.

'하지만 약속한 날이 오기 전에 그런 일이 생겼으니…….'

세 사람이 다니는 시부야고등학교에서 맥도널드가 있는 도우겐자카까지는 걸어서 갈 수 있는 거리다.

레이와 친구들은 가끔 이야기를 하며 걸었다. 맥도널드에 도착해서는 2층에 자리를 잡았다. 매장 안에는 머리카락을 오렌지색으로 물들인 여자 고등학생을 비롯해 다양한 손님이 있었다.

"힘들었겠다. 지금은 좀 안정이 됐어?"

"응."

사실은 안정이 되지 않았다. 마음도 생활도. 모두 뒤숭숭했다.

"충격이었겠지?"

"그렇지도 않아. 아빠를 원망하고 있었으니까."

아야도 케이이치도 할 말을 잃었다.

"아빠는 내가 초등학교 3학년 때 집을 나가버렸어."

"그랬구나."

어머니와 둘이서 살고 있다는 건 아야에게는 말했다. 하지만 자세한 사정은 이야기하지 않았다.

"하지만 너랑은 사이가 좋았던 거 아냐?"

"전혀. 그 사람이 우리 모녀를 버렸으니까."

그렇게 말하고 나서 레이는 자신과 부모와의 관계에 대한 이야기를 봇물 터지듯 쏟아냈다. 아버지에 대한 마음과 장례식을 치른 뒤 어머니와 다투고 서로 아무 말도 하지 않는 사실까지 털어놓았다.

"저기."

레이가 대강 이야기를 끝내자 아야가 입을 뗐다.

"화해하는 편이 좋겠다, 어머니랑."

레이는 잠자코 있었다.

"어머니가 너를 힘들게 했다고 하지만 너희 어머니도 힘들었을 거야."

"알아."

"그러니까 남편이 집을 나가버린 거였잖아."

"알고 있다니까."

남편과 별거하게 되었을 때 정신적으로 얼마나 괴로웠을까. 지금은 어느 정도 이해할 수 있다. 더구나 요코는 딸인 레이를 혼자서 키워야 했다. 부담이 이만저만이 아니었을 것이다.

날마다 일해서 돈을 벌고 밥을 짓고 설거지를 하고 방청소를 하고 빨래를 하고…… 그런 일들을 레이는 대부분 어머니에게 맡겼고 어머니는 무상으로 해줬다.

"애정이 없다면 자식을 키울 수 없어."

아야의 말에 레이는 몇 번이나 고개를 끄덕였다. 어머니가 레이에게 공부를 강요한 건 모두 레이를 위해서라고 믿기 때문이란 걸 지금은 이해할 수 있다. 비뚤어진 태도를 보이는 레이에게, 어머니가 마치 레이를 싫어하는 듯한 행동을 보였던 것도 무리가 아니라는 걸, 역시 지금은 이해할 수 있다. 서로에게 기분이 언짢을 때가 있기는 했다. 하지만 그게 전부는 아니다. 마음속 가장 깊은 곳에는 두터운 애정이 자리하고 있었다. 어쩐지 그 사실은 알 수 있었다.

"그런 일이 벌어져서 서로 흥분한 거야. 계속 그렇게 질질 끌면 안 돼."

레이는 아야 같은 친구가 있어서 다행이라고 진심으로 생각했다.

"앞으로 어떻게 할 거야?"

타카토 케이이치가 물었다. 또 한 사람의 소중한 친구.

"범인을 찾아야지."

"뭐라고?"

"용서할 수 없어. 사람을 죽이고 태연하게 사회생활을 하는 건."

"그만둬. 그건 경찰이 해야 할 일이야."

"어. 하지만 아야, 너라면 용서할 수 있어?"

"그건……."

"레이. 아까는 아버지가 돌아가셨어도 슬프지 않다고 했잖아."

타카토 케이이치가 끼어들었다.

"말했잖아. 그래도 범죄행위는 용서할 수 없어."

레이의 눈은 강렬한 빛을 내뿜고 있었다.

"더구나 루비앙이란 말."

"어?"

"그 사람은 죽기 직전에 내 눈을 보고 '루비앙'이라고 말했어. 그게 어떤 의미인지는 몰라. 하지만 분명 중요한 거겠지. 그 의미를 알아내고 싶어."

"루비앙이라고."

타카토 케이이치가 뭔가를 곰곰 생각했다.

"그렇다면 약속해줘. 루비앙이라는 말의 의미를 알아내는 건 좋아. 하지만 거기까지만 해. 범인을 쫓는 건 경찰의 몫이야. 범인은 레이의 아버지를 살해했어. 그러니까 레이, 너까지 죽일지도 모른다고. 그렇게 되면 나는 견딜 수 없어."

"타카토 군……."

"루비앙이라는 말의 의미를 알아낸다면 그게 범인 체포로 이어질지도 몰라. 그걸로 됐잖아."

레이는 타카토 케이이치의 눈을 바라보았다. 그리고 자연스레 고개를 끄덕였다.

오오타 구로와 이와마, 두 형사는 분쿄 구에 있는 기타모토 히데키의 맨션을 가택 수색했다.

"범인은 딸 레이야. 그 사실을 증명할 만한 걸 철저히 찾아내게."

오오타 구로가 이와마에게 말했다.

"원망 섞인 글이 담긴 편지라든가."

"그런 선입관을 근거로 조사해서는 안 됩니다."

"바보 같은 녀석. 수사에 선입관이 완전히 배제될 수 있다고 생각해? 어딘가에 혐의점을 둬야 효율적인 수사를 할 수 있는 거야."

"그건 그렇지만."

이와마는 어깨를 움츠리고 책장 밑에 위치한 서랍을 열었다. 집은 이미 한 차례 수색이 끝났지만 좀 더 꼼꼼하게 수색할 필요가 있다고 생각했다. 서랍을 꺼내서 내용물을 마루 위에 펼쳐 놓았다. 서류 외에 가위와 셀로판테이프 등 문구

류가 아무렇게나 들어 있었다.

"이봐."

오오타 구로의 목소리가 이와마의 등 뒤에서 울려 퍼졌다.

"이것 좀 봐."

이와마는 뒤를 돌아보았다. 오오타 구로가 책장 앞에서 손을 치켜 올렸다. 손가락에 작은 금속 조각이 대롱대롱 매달려 있었다.

"뭐예요, 그게?"

"열쇠야."

이와마는 일어나서 오오타 구로가 들고 있는 열쇠를 가까이서 봤다.

"책 뒤에 숨겨놓았어. 무슨 열쇠일 거라고 생각해?"

"묘한 곳에 숨겨놓은 걸 보면 중요한 열쇠 같네요."

"대여 금고야."

"네?"

"이 모양은 대여 금고 열쇠야. 기타모토 히데키는 뭔가를 숨기고 싶어 했어."

"만일 돈이라면 유산이 그 모녀에게 돌아가겠네요."

"만약에 그렇다면."

오오타 구로가 이와마의 얼굴을 노려보았다.

"그 딸이 범인이라는 증거일지도 모르지."

오오타 구로는 하얀 손수건을 꺼내서 방금 찾아낸 열쇠를
소중하게 감쌌다.

5

"잘 먹겠습니다."

저녁식사 먹기 전에 레이가 말했다.

"나도 잘 먹을게."

요코 역시 대답했다.

싸우고 나서 처음으로 주고받은 말이다. 식사 중에는 아무
말도 안했지만 밥을 다 먹은 뒤 서로에게 잘 먹었다고 말했다.

"차 한 잔 줄까?"

"응."

요코는 레이가 대꾸를 해준 게 기뻤다.

둘 다 "미안해"라는 말 한 마디를 하지 못했다. 부모 자식
사이는 혈연관계인 만큼 괜스레 야릇한 쑥스러움이 생겨 그
런 거라고 요코는 생각했다. 입 밖으로 내놓지 않더라도 알
아줄 거라는 안이한 마음이 있는지도 모른다. 하지만 그건
말 그대로 안이한 감상을 내포하고 있다.

"나 말이지, 이혼서류를 갖고 갔어."

차를 마시며 한숨 돌리고 나서 레이는 이야기를 꺼냈다.

"왜 그런 일을 했니?"

요코는 사실 그 이야기를 형사에게 들어서 알고 있었다.

"그러니까 별거한 지 벌써 8년이나 됐잖아. 매듭을 짓지 않으면 앞으로 나아갈 수 없어."

"마음대로 그런 일을."

"마음대로 안 하면 영원히 끝나지 않을 거잖아."

"끝내고 싶지 않았단다."

무심결에 터져 나온 말. 요코는 입을 꾹 다물었다. 레이는 깜짝 놀랐다.

"원망하지 않았어?"

"처음에는 원망했지."

요코가 조금 쑥스러운 듯 말했다.

"우리를 두고 나가버렸잖니. 하지만 점점 원망도 사라져갔단다."

"그러니까 더 확실히 매듭을 지어야지."

"네 아버지는 꽉 막힌 사람이란다. 자신의 마음을 솔직하게 표현하지 못해. 그래서 오해도 받지. 집을 나갔어도 틀림없이 우리를 줄곧 생각하고 있었을 거야."

"그런 거 몰라."

"네 아버지는 사교성이 적은 사람이잖아. 의지할 수 있는

지인은 우리밖에 없지 않았을까?"

레이가 뭔가 이야기를 꺼내려고 했지만 요코는 계속해서
말했다.

"3년 전부터 새해 복 많이 받으라는 이메일을 주고받았어."

"어?"

"내가 네 사진을 보내줬어. 네 아버지도 보고 싶어 할 거
같아서."

"답장은?"

"새해 복 많이 받으라고."

"그 말뿐이었어?"

"말했잖니. 꽉 막힌 사람이라고. 연구 외에는 마음을 쓰지
못해."

레이가 한숨을 푹 쉬었다.

"슬슬 괜찮지 않을까, 생각이 들기 시작했단다."

"무슨 뜻이야?"

"다시 셋이서 함께 살아도 괜찮지 않을까 하고."

"거짓말……"

"나는 소중한 건 끝까지 지키는 성격이야."

"그 사람이 소중해?"

"네 아버지와 너."

요코는 쓸쓸하게 웃음 지었다.

"엄마, 그 사람이 가족보다도 일을 선택한 건 분명해."

요코는 대답하지 않았다.

"그 사람은 연구에만 관심을 쏟았잖아."

"그래. 나도 줄곧 그렇게 생각했단다. 하지만……"

요코는 잠시 생각했다.

"그렇다면 왜 살해당했을까. 연구에만 관심을 쏟았다면."

레이가 요코를 매섭게 노려보았다.

"이상하지. 왜 살해당했을까, 전혀 모르겠구나."

"그 사람에게는 재산이 있는지도 모르잖아."

"그건 모르지. 다만 '엄청난 비밀을 쥐고 있다'고 들었을 뿐이란다."

"그 사람은 살해당했어. 그 이유가 '엄청난 비밀'에 있다는 건 틀림없어."

요코는 고개를 끄덕였다.

"더구나 그 여자."

요코는 되묻지 않았다. 레이가 말한 '그 여자'가 누구를 가리키는지, 단숨에 알아차렸기 때문이다.

"애인인지도 몰라."

기타모토 히데키의 장례식에 나타나서 분향할 때 기타모토 히데키의 영정사진을 지그시 바라보고 있던 젊은 여자.

"그런 표현은 하지 마."

요코는 외면하듯 말했다.

"그러니까 그 사람이랑 엄마는 아직 이혼을 안 했잖아. 그 사람에게 사귀는 사람이 생겼다면 그게 애인 아냐?"

"연구소 연구원도 모르는 여자야. 애인이라니."

"니시가타 사토미 씨가 말이야."

레이는 기타모토 연구실 연구원의 이름을 댔다.

"그 여자에 대해 물으니까 니시가타 사토미 씨의 기색이 이상했어."

요코의 어깨가 바르르 떨렸다.

"니시가타 사토미 씨는 뭔가를 알고 있을지도 몰라. 우리가 알아서는 안 되는 걸 말이야."

요코는 잠자코 있었다.

"그러니까 엄마. 그 사람에게는 역시 재산이 있었어. 그리고 그 재산을 그 사람의 애인이 노리고 있었는지도 몰라."

레이는 단숨에 이야기했다.

"지나친 생각이야."

요코는 어렴풋이 웃어 보였다.

"하지만 맞을지도 몰라."

레이는 차를 마셨다.

"그 사람, 죽기 직전에 루비앙이라고 중얼거렸어. 이 말 들어본 적 있어?"

요코에게 전에도 물었던 걸 레이는 다시 한 번 물었다.

"없구나."

"잘 생각해 봐. 어쩌면 재산을 숨겨둔 장소를 암시한 말인지도 모르잖아. 으음, 틀림없이 그럴 거야. 죽기 직전에 마지막 힘을 쥐어짜내서 말했어. 틀림없이 중요한 일이야. 꼭 전해야 했던 거라고."

"레이, 너한테 말이구나."

요코의 말에 레이는 화들짝 놀랐다.

"네 아버지는 레이, 너에게 뭔가 중요한 걸 전하고 싶었던 거란다. 너는 소중한 아이니까."

레이는 고개를 다른 쪽으로 돌렸다.

"이제 와서? 늦었어. 8년이나 내팽개쳐놓고."

레이는 찻잔을 탁자 위에 도로 놓았다.

"범인은 재산을 **빼앗**으려고 그 사람을 죽였는지도 몰라."

법률적으로 기타모토 히데키의 유산은 부인과 자식, 즉 요코와 레이가 상속 받는다.

"만약에 유언장이 있다면……."

레이의 뇌리에 어떤 생각이 떠올랐다.

"유언장에 전 재산을 애인에게 상속한다고 되어 있으면 어떻게 되는데?"

유언장에 전 재산을 법정상속인 이외의 사람에게 주겠다

고 지정한다고 해도 법정상속인, 즉 부인과 자식에게 일정한 유산이 상속된다. 하지만 그 액수는 유언장이 없는 경우에 비하면 상당히 적어질 것이다.

"그런 일이."

"있을지도 몰라. 우리를 버린 사람이야. 그렇지 않다면 애인이 장례식에 뻔뻔스럽게 나타날 리가 없어."

요코는 대꾸하지 않고 레이의 말을 곰곰 생각했다.

"그렇게 된다면 엄마, 큰일이야."

"나는 재산 따위 필요 없어."

"알아. 하지만 화나지 않아?"

요코는 레이의 눈을 응시했다.

"아무튼 루비앙의 의미를 알고 싶어. 그 말, 정말로 나한테 한 걸까? 아니면 자기 애인한테 한 걸까?"

"레이……."

벨이 울렸다.

레이가 일어나서 인터폰 수화기를 들었다. 인터폰 옆에는 전화기가 있고 벽에는 전화번호 목록이 붙어 있다. 한두 마디 나누고 "잠깐만 기다리세요" 하고 말한 다음에 수화기를 손으로 가리고 뒤를 돌아보았다.

"누구?"

"은행 사람. 아빠 통장이 없냐고."

"바꿔 줘."

요코가 인터폰을 받았다.

-여보세요, 말씀하세요.

-사모님이십니까?

-네.

-저는 코스모 은행의 시라이시라고 합니다. 이번 일로 많이 힘드셨죠, 정말 유감입니다.

-아니에요.

-실은 고인께서 우리 은행에 예금을 많이 보유하고 있습니다. 그 일을 확인하고 싶어서 그런데요, 통장을 갖고 있는지요?

요코와 레이는 얼굴을 마주봤다.

-잘 모르겠는데요.

-한번 찾아보시겠어요?

-지금 말인가요?

-네. 문 앞에서 기다리고 있겠습니다.

요코는 인터폰을 내려놓고 히데키의 유품을 뒤적거리기 시작했다. 하지만 통장은 보이지 않았다. 4, 5분 정도 찾다가 그만두고 문을 열었다.

문 앞에 고급스러운 양복을 입은 30대 중반 정도의 남자가 서 있었다. 잘생긴 축에 속했다. 축 쳐진 눈은 나름대로 남

성다운 성적 매력을 느끼게 했고, 자연스럽게 내려온 머리칼
은 청결했다.

"기다리게 해서 죄송해요. 남편 통장은 없는 것 같아요."

"그렇습니까. 이상하네요."

"나중에 좀 더 차근차근 찾아볼게요."

"뭔가 발견하면 연락주세요."

그렇게 말하고 남자는 명함을 내밀었다. 남자가 돌아가자
요코는 받은 명함을 탁자 위에 놓았다.

코스모 은행 특별실

시라이시 에이치

레이가 명함을 집어서 바라봤다. 이름 뒤에 휴대전화번호
가 적혀 있었다.

"그 사람, 역시 돈이 있었어."

"이상하네."

요코가 중얼거렸다.

"이상한지는 모르겠지만 돈을 갖고 있었다는 건 분명해.
은행 특별실 사람이 일부러 찾아올 정도니까."

"그게 아니라."

요코는 레이의 손에서 명암을 뺏으며 말했다.

"왜 휴대전화번호일까?"

레이도 그제야 어색함을 깨달았다.

"은행원인데 휴대전화번호밖에 안 쓰여 있어."

보통은 소속된 지점의 전화번호를 알려줄 터이다.

"어떻게 된 걸까?"

"몰라."

레이와 요코는 얼굴을 마주보았다.

6

레이는 이마하리야마 아야, 타카토 케이이치, 두 사람과 요요기 공원에 갔다. 언제나 특별활동을 하러 가는 공원이다.

메이지신궁 입구 근처에서 거리의 시인들이 색종이에 쓴 자작시를 팔고 있었다. 메이지신궁에 인접한 요요기공원은 1967년에 도쿄 올림픽 선수촌 터를 활용해서 문을 연 곳이다. 휴일에는 벼룩시장이 열려 붐비지만 평일에는 비교적 한산하다. 산책을 하는 사람과 잔디밭 위에서 자고 있는 노숙자 등이 드문드문 보이는 정도다.

"역시 이곳은 차분해."

아야가 레이에게 말을 건넸다. 세 사람은 나란히 벤치에 앉았다. 발밑에는 새포아풀과 큰개불알풀, 괭이밥 등이 자라고 있었다. 큰개불알풀과 괭이밥은 최근에 시부야고등학교 들풀 연구회가 '마당의 7가지 꽃'으로 인정한 들풀이다.

'마당의 7가지 꽃'은 '봄의 7가지 풀'을 모방한 것으로 어느 마당에서도 자주 볼 수 있는 들꽃 7종류를 선택한 것이다. 풀이 아니라 보기에 화려한 '꽃'을 선택한 점이 특징이다. 당연히 레이가 대부분 선정했다. 들풀에 대해 잘 아는 사람은 레이밖에 없었다. 다른 회원은 레이에게 가르침을 받는 처지였지만 만족하고 있었다.

참고로 '봄의 7가지 풀'은 다음의 7종이다.

미나리, 냉이, 떡쑥, 별꽃, 광대나물, 순무, 무.

이 가운데 광대나물은 요즘 말하는 광대나물과는 다른 종류다.

그리고 레이와 친구들이 선정한 '마당의 7가지 꽃'은 다음의 7종이다.

민들레, 괭이밥, 큰개불알풀, 주름잎, 살갈퀴, 타래난초, 삼백초.

대부분 마당에서 흔히 볼 수 있는 잡초고 게다가 꽃이 예쁘다. 타래난초처럼 가까이 다가가서 보지 않으면 잘 보이지 않을 정도로 자그마한 꽃도 있다. 하지만 난초과인 타래난초의 꽃은 정말 아름답다.

"햇살이 기분 좋다."

그렇게 말하고 아야는 기지개를 폈다.

"식물이라면 햇볕을 이용해서 광합성을 할 순간이지."

레이가 무심코 말했다. 오랜만에 친구들에게 말을 건넨 듯한 기분이 들었다.

"광합성이 뭐였더라?"

이마하리야마 아야가 물었다.

"바보. 광합성도 모르는 거냐?"

타카토 케이이치는 어이가 없었다.

"알고 있어. 하지만 설명하기는 어렵다고나 할까."

"아아, 그래. 하기는 나도 설명하기 어려워."

"뭐냐."

이번에는 아야가 기막혀했다.

"광합성이란 이산화탄소와 물로 탄수화물을 만드는 작용을 말해."

레이가 설명했다.

"이산화탄소는 공기 중에 있고, 식물은 이산화탄소를 잎으로 흡수해. 물은 땅속에 있으니까 뿌리로 물을 빨아들여. 이산화탄소와 물은 빛 에너지를 이용해서 화학반응을 일으켜 탄수화물이 되는 거야. 탄수화물은 전분이나 당분을 말해. 탄수화물이 식물의 성분과 에너지원이 되는 거지. 이때

화학반응을 해서 남은 게 산소야. 식물은 남은 산소를 공기 중에 방출해. 요컨대 산소는 폐기물인 셈이지."

"역시 레이는 식물에 대해 아는 게 많아."

"맞아."

"중학교 교과서에 나오는 거야."

레이는 자조적인 웃음을 보였다.

레이의 머릿속에 어린 시절 보았던 아버지에 대한 기억이 되살아났다. 퇴근하고 와서도 곧장 서재로 들어가 쉬지 않고 연구에 몰두하는 아버지의 모습이었다. 서재로 향하는 아버지의 뒷모습을 언제나 쓸쓸한 심정으로 바라보던…….

"아직 범인은 안 잡혔나?"

케이이치가 중얼거렸다.

"아무튼 충격이겠지. 자신의 품안에서 아버지가 죽다니."

"아야."

케이이치가 아야를 나무랐다.

"아, 미안."

"아냐."

레이가 일어났다.

"어차피 그 사람은 죽은 거나 마찬가지라고 생각했어. 하지만 애인이 있었다니 아무래도 분해."

"애인이 있었다고?"

아야의 물음에 레이는 고개를 끄덕였다.

"게다가 수상한 은행원이 뭔가 물어보러 왔어."

레이는 아버지가 죽고 나서의 간단한 경위를 설명했다.

"그 휴대전화번호에 걸어봤어?"

"안 했어. 어쩐지 무서워서."

"번호 알려줘. 내가 전화해볼게."

케이이치가 말했다.

"번호 몰라. 명함이 집에 있어."

"그렇구나."

"아무튼 고마워."

케이이치는 얼굴을 살짝 붉혔다.

"그보다 루비앙이라는 말."

레이는 두 사람의 얼굴을 번갈아 보았다.

"너희 아버지가 죽기 직전에 한 말이잖아."

"응."

"죽기 직전이었으니까 틀림없이 중요한 거겠지."

아야가 말했다.

"유산의 소재를 알려주는 말 같은 기분이 드는데."

"레이, 마음에 짚이는 건 없어?"

"없어."

세 사람은 침묵했다.

"레이의 아버지에게 애인이 있었다고? 그렇다면 그 애인은 술집 종업원일 가능성도 있다고 생각해."

"그런가."

레이는 생각했다. 확실히 있을 법한 이야기였다. 아야는 늘 다른 사람이 그다지 잘 생각하지 못하는 부분을 말했다. 때로는 상처를 주기도 하지만 지금은 그런 솔직함이 고마웠다.

"뒤져볼게. 술집을 샅샅이."

"카바레인지도 몰라."

케이이치가 말했다. 진심인지 농담인지 모를 알쏭달쏭한 발언이었다. 아무도 소리를 내서 웃지 않았지만 분위기가 묘하게 부드러워졌다.

레이를 향해서 두 남자가 걸어오는 모습이 눈에 들어왔다. 레이의 시선을 깨닫고 아야와 케이이치가 뒤를 돌아보았다.

뚱뚱한 중년 남자와 마르고 몸집이 작은 젊은 남자였다. 오오타 구로와 이와마 형사 콤비다. 두 사람은 레이의 코앞까지 걸어와서 멈췄다.

"레이, 이 사람들은 누구야?"

"경찰이다."

오오타 구로가 대답하자 아야가 바싹 긴장했다.

"찾고 있었어, 기타모토 레이."

오오타 구로는 갑자기 레이의 팔을 움켜잡았다.

"뭐하는 겁니까!"

케이이치가 고함을 쳤다.

"함께 갈까?"

오오타 구로는 움켜잡은 레이의 팔을 이와마에게 맡겼다.

아야와 케이이치가 넋 놓고 있는 사이에 레이는 자동차에 태워졌다.

경찰차가 아니었다. 닛산 프리메라. 평범한 승용차로 보였다. 이와마가 운전하고 레이는 오오타 구로와 함께 뒷좌석에 탔다.

"어디 가는 거예요?"

레이의 목소리가 떨렸다. 어른과 이야기할 때는 이상하게 긴장이 됐다. 오오타 구로는 대답하지 않았다.

"제가 뭘 어쨌다고 이러는 거죠?"

목소리에 슬며시 분노가 서렸다. 레이는 자신을 잘 보이고 싶을 때는 긴장감이 높아지지만 상대에 대해 분노의 감정이 들끓을 때는 화를 억누를 수 없어서 반항적인 태도를 보였다. 그 사실을 레이 자신도 잘 알고 있었다.

"함께 가줬으면 하는 곳이 있습니다."

이와마가 운전대를 잡고 말했다. 백미러로 레이의 얼굴을 힐끔 쳐다봤다.

"레이 양 아버지의 금고입니다."

"네?"

"아버지의 집에서 대여금고 열쇠가 발견되었습니다."

레이는 생각했다. 역시 그 사람은 재산을 숨겨두고 있었어.

"그 금고를 열기 위해서는 유산상속인인 레이 양과 어머니가 입회할 필요가 있어요."

"엄마도 와요?"

"어."

처음으로 오오타 구로가 대꾸했다.

"그렇다면 좀 더 빨리 이야기해주면 좋잖아요. 이런 식으로 하면 어쩐지 제가 의심을 받는 것 같은 기분이 들어요."

"의심하고 있지."

오오타 구로가 앞을 향한 채 말했다.

"오오타 구로 씨."

이와마가 나무라듯 말했다. 레이는 심장이 쫙 오그라드는 아픔을 느꼈다.

"무슨 말씀인가요?"

멎어가던 떨림이 커져갔다.

"기타모토 히데키 살해사건 용의자 가운데 아직 가족은

배제되지 않았다는 말이지."

　잘못 들은 걸까. 오오타 구로의 말을 믿을 수가 없었다.

　"거짓말이죠?"

　"정말이야. 일단 주변 사람을 의심하는 게 보통이지."

　"저는 친딸이에요."

　"하지만 아버지를 원망하고 있었잖니."

　레이는 맥이 탁 풀렸다. 어째서 이 형사는 아버지를 원망하고 있었다는 걸 알고 있을까?

　"부모와 자식 사이의 갈등. 어느 집에나 있는 문제지."

　"그렇다고 해서 죽였다고 하다니."

　"너는 아버지를 원망했잖아."

　"왜 그렇게 생각하는데요?"

　"눈 때문이야."

　오오타 구로의 목소리는 어딘가 쓸쓸했다.

　"네 눈은 아버지에 대한 원망으로 가득 차 있는 것처럼 보였어. 더구나 아버지와 별거하고 있었다는 점 등 여러모로 생각해보면 내 추론이 빗나갔다고는 할 수 없지."

　"아버지를 원망했어요."

　오오타 구로가 레이의 옆모습을 보았다.

　"하지만 제가 죽였다고 하는 건 너무 심해요. 좀 더 수상한 사람이 있잖아요."

"누굽니까?"

이와마가 물었다.

"코스모 은행의 시라이시라는 사람이 왔어요. 하지만 그 사람은 가짜 직원 같았어요."

"무슨 말이야?"

오오타 구로의 물음에 레이는 경위를 설명했다.

"흐음."

오오타 구로는 잠시 생각했다.

"어떻게 된 걸까요?"

이와마의 질문에 "그러게" 하고 답하고 오오타 구로는 다시 침묵했다.

"아빠는 죽기 직전에 저에게 뭔가를 전하려고 했어요."

레이는 말을 이었다.

"뭐를요?"

이와마가 이야기를 재촉했다.

"루비앙."

오오타 구로는 아직 레이의 말에 흥미가 없는 듯했다.

"아빠는 죽기 직전에 저에게 '루비앙'이라는 말을 남겼어요."

"그게 뭔데?"

드디어 오오타 구로가 레이의 말에 반응을 보였다.

"몰라요. 하지만 틀림없이 중요한 거 같아요."

"중요한지 아닌지는 이쪽에서 정해. 애송이 주제에 제멋대로 추측해서 지껄이지 마라."

"그 점이랑."

레이는 말할까 말까 망설였다. 하지만 알고 있는 건 전부 경찰에게 말하자. 그렇게 결심했다. 경찰들은 자신을 의심하고 있다. 의혹을 떨쳐내기 위해서는 정직한 게 최고라고 생각했다. 왜냐하면 자신은 살인을 저지르지 않았으니까. 그 사실은 최고의 강점이고 그 강점을 최대한 살리는 무기는 '정직'이라고 생각했다.

"아빠에게는 애인이 있었나 봐요. 장례식에 그래 보이는 사람이 왔거든요."

"너희 어머니는 그 사실을 알고 있니?"

"전부터 알고 있었던 건 아니에요. 그날 처음으로 눈치 챘어요."

"루비앙이라고. 술집 이름인지도 모르겠군."

아야와 같은 말을 했다. 레이는 슬그머니 웃음이 났다. 더불어 친구들의 조사방법에 아주 조금 자신감이 생겼다. 경찰과 같은 발상을 했기 때문이다.

자동차가 지하로 내려갔다. 오오타 구로와 이야기하는 사이 코스모 은행에 도착했다. 자동차는 지하주차장에 세웠다.

차에서 내려 경비원 옆을 지나 엘리베이터로 1층까지 갔다. 맞아주러 은행원 둘이 다가왔다.

"시라이시라는 사람이 있나?"

은행원들이 얼굴을 마주보았다.

"저희가 아는 한 그런 이름의 직원은 없습니다만."

"그래. 뭐 됐어. 그 이야기는 나중에. 일단 안내해주겠나."

은행원이 안내한 방에 들어가니 요코가 있었다.

"바로 금고를 열어볼까."

오오타 구로의 말에 은행원이 고개를 주억거렸다.

일단 입구 쪽으로 돌아가 거기서 대여금고실까지 다 함께 걸어갔다. 오오타 구로와 이와마의 입회 아래 요코가 금고에 열쇠를 집어넣어 길고 묵직한 상자를 꺼냈다. 상자를 탁자 위에 놓았다.

"열어."

오오타 구로가 명령했다. 그 말투에 레이는 화가 치밀어 올랐지만 요코는 잠자코 뚜껑을 열었다.

금고 안에는 종이 한 장이 들어 있었다. 현금은 들어있지 않았다. 요코는 그 종이를 손에 들었다.

"뭐야?"

요코는 종이를 오오타 구로에게 조용히 건넸다.

"이건 증권회사에서 발행한 명세서잖아. 기타모토 히데키는 주식을 보유하고 있었군."

"주식…… 역시 유산이 있었어."

"이게 뭐야."

레이의 말을 오오타 구로가 부정하러 다가왔다.

"한 회사의 주식뿐이야. 대단한 재산은 아닌 것 같군."

"어느 회사 주식이죠?"

요코의 물음에 오오타 구로는 묵묵히 명세서를 보여주었다. 레이도 들여다보았다. 그 명세서에는 폴린 제약이라는 회사이름이 쓰여 있었다.

7

예수는 터벅터벅 신주쿠 중앙공원을 걷고 있었다.

신주쿠 중앙공원은 1968년에 문을 연 구립공원이다. 거대한 도청 건물 옆에 위치하고 있다.

이 공원을 본거지로 삼은 예수는 페트병에 물을 넣으려고 수도까지 갔다.

예수는 70세 정도쯤 되었을까. 얼굴이 갸름하고 몸은 야위었다. 키는 비교적 큰 편이다. 페트병 외에 책을 들고 있다. 늘 두세 권은 껴안고 있는데 오늘은 한 권뿐이다.

작년까지 조성 중이라서 들어갈 수 없었던 잔디는 이제 잘 자라고 있었다.

수도 앞에 가니 먼저 온 손님이 있었다.

부처다. 부처는 50대 쯤, 보기에 따라서는 60대로도 보였다. 키는 그다지 크지 않고 펑퍼짐한 얼굴을 하고 늘 두리번 두리번 주위를 살피는 듯한 눈매를 하고 있다. 손에 페트병을 들고 있지 않은 것으로 미루어 단순히 물을 마시러 온 모양이다. 부처도 책 한 권을 갖고 있었다.

부처는 예수를 보더니 눈을 부라렸다. 결코 화를 내는 게 아니다. 그저 버릇이다. 예수는 잠자코 부처가 수돗가에서 물러나기를 기다렸다.

"이봐, 기타모토 씨의 장례식에 갔다면서."

어디서 소문을 얻어들었는지 예수가 부처에게 말했다. 물을 마시고 있던 부처는 움직임을 멈췄다. 천천히 예수를 바라보았다.

"들여보내주지 않았어?"

예수가 묻자 부처는 "흥" 하고 코웃음을 쳤다.

"우리 같은 사람이 가봤자 문전박대를 당할 뿐이야."

"하지만 가고 싶었다고. 하다못해 분향이라도 한번."

부처가 고함치듯 말했다.

"노숙자가 장례식에 나타나면 폐가 될 뿐이야. 공원에 있

61

으면 우리는 여전히 '보이지 않는 사람'으로 지낼 수 있지만 일반 사회에 나타나면 기이한 존재라고."

"뭐야!"

"나도 가고 싶었어. 기타모토 선생님의 장례식. 선생님한테 맡겨놓은 물건이 있기 때문이지. 그걸 돌려받고 싶었다고."

"둘이 세트인가?"

예수가 뒤를 돌아보자 검정 양복을 입은 쿠로토비 에이토가 서 있었다. 30대 중반일까, 차분하지만 박력이 있는 남자였다. 키는 크고 여자에게도 인기가 있을 것 같은 달콤한 얼굴을 하고 있었다. 축 쳐진 눈은 졸린 듯 반쯤 감겨 있는 것처럼 보이지만 그 모습이 일종의 성적 매력을 느끼게 했다. 어쩌면 온몸에서 발산하고 있는 위험한 냄새가 성적 매력으로 이어지는 것일지도.

"물어보고 싶은 게 있어."

쿠로토비 에이토는 예수와 부처에게 말을 건넸다.

"이 남자 알아?"

쿠로토비 에이토는 안주머니에서 사진 한 장을 꺼내서 두 사람에게 보여주었다.

"아!"

부처가 소리를 질렀다.

"알아?"

쿠로토비 에이토의 눈썹이 꿈틀 움직였다.

"기타모토 선생님이야."

"이름까지 알고 있군."

쿠로토비 에이토의 입가가 풀어졌다.

"어떻게 아는 사이지?"

"선생님은 종종 이곳에 풀을 조사하러 왔어."

"이 남자는 식물학자야."

쿠로토비 에이토의 말에 예수와 부처는 고개를 끄덕였다.

"알아. 그렇게 말했어. 여기서 늘 만나면서 이야기를 나누게 되었거든."

쿠로토비 에이토는 사진을 집어넣었다.

"어떤 이야기를 했지?"

"음. 하잘것없는 이야기지. 하지만 선생님은 우리를 무시하지 않고 편안하게 이야기해줬어. 아, 물론 당신도 그렇지만."

쿠로토비 에이토는 만족스러운 듯 고개를 끄덕였다.

"뭐 특이한 이야기는 하지 않았어?"

"특이한 이야기?"

"그래. 이를테면 뭔가를 숨기고 있다거나."

"뭐를?"

"음. 뭔가 중요한 거."

예수의 눈길이 허공을 맴돌았다.

"왜 그래? 뭐 아는 거 있어?"

"아니, 몰라."

예수는 부들부들 떨면서 말했다.

"감추면 재미없어."

"감추는 거 없어. 정말로 아무것도 모른다니까."

쿠로토비 에이토는 예수를 잠시 응시했다.

"뭔가 떠오르면 연락해줘."

쿠로토비 에이토는 지갑에서 5천 엔짜리를 두 장 꺼내 두 사람에게 한 장씩 건넸다.

"알았어."

쿠로토비 에이토는 원래 왔던 길로 돌아갔다.

"물, 받아가."

부처는 5천 엔짜리 지폐를 너덜너덜한 주머니에 꾸겨 넣으면서 예수에게 말했다.

"어? 어어."

예수도 5천 엔짜리를 주머니에 넣고 손에 든 페트병에 물을 받았다. 물을 다 받은 뒤 두 사람은 걷기 시작했다.

"무슨 일이지. 기타모토 선생님은 무엇을 감추고 있었을까. 무슨 음모와 관련이 있나?"

예수의 목소리가 떨렸다.

"집어치워. 쓸데없는 망상은."

부처가 나무랐다. 예수는 겁먹은 기색으로 손에 들고 있던 책을 펼쳤다. 표지에는 『신약성서』라고 쓰여 있었다.

예수는 멈춰 서서 낭독했다.

"마가복음 14장 18절. '내가 진실로 너희에게 이르노니 너희 중에 한사람 곧 나와 함께 먹는 자가 나를 팔리라.'"

"집어치워."

부처는 다시 한 번 윽박질렀다. 두 사람은 다시 걷기 시작했다.

"기타모토 선생님은 무엇을 감추었을까?"

걸으면서 예수가 말했다.

"글쎄. 흥미 없어."

"루비앙에 대한 이야기, 들어본 적 있어?"

"루비앙? 없는데."

"루비앙이란 건."

"뭐든 관심 없어."

그렇게 말하고 부처는 예수에게서 떨어져서 걷기 시작했다.

예수는 한숨을 쉬었다. 루비앙에 대해 이야기하고 싶었는데. 어쩌면 쿠로토비 에이토가 찾고 있는 건 이 이야기인지도 모른다.

'쿠로토비에게 이야기해볼까?'

예수는 공원 안 전화박스를 힐끔 쳐다보았다.

레이는 세이조대학교 식물 연구소를 방문했다.

기타모토 연구실엔 니시가타 사토미는 없었다. 진 마사유키만 있었다. 그가 레이에게 커피를 대접했다. 하지만 실험용 비커에 따라주었기 때문에 그다지 맛있다고 느껴지지는 않았다. 여기 연구실 사람들은 그런 것에 신경을 쓰지 않는 걸까.

"어느 정도 마음이 가라앉았니?"

진 마사유키는 둥근 사무용 의자에 앉아 선해 보이는 웃음을 지었다.

"네."

레이는 긴장했는지 기어들어가는 소리로 대답했다. 억지로 웃어보였다. 상대에게 잘 보이고 싶을 때 늘 나타나는 버릇이다.

"하지만 아직 범인이 안 잡혀서요."

"그렇지."

진 마사유키는 겸연쩍은 듯한 표정을 지었다. 바보 같은 질문을 하다니. 진 마사유키는 그 점을 후회하는 듯한 표정이었다.

"아빠에 대해 이것저것 묻고 싶어요. 아빠가 왜 살해당해

야만 했는지. 그 이유가 알고 싶어요."

"응. 내가 아는 범위에서 뭐든 대답해줄게."

"그럼 애인에 대해 알려주세요."

"뭐라고?"

"장례식에 예쁜 여자가 왔잖아요."

레이는 결심하고 물었다. 여기까지 와서 망설여봤자 소용
없다.

"그 이야기니."

진 마사유키는 쓴웃음을 지었다.

"기타모토 선생님에게 애인이 있었다니, 믿을 수 없어."

"하지만."

"레이 양 아버지인 기타모토 선생님은 말이지, 정말로 연
구 외에는 흥미가 없는 분이었어. 애인을 만들었다는 건 말
도 안 돼."

"하지만 아빠는 엄마와 결혼했잖아요. 그러니까 연애를
할 가능성은 언제나 있다고 생각해요."

"그건 그럴지도 모르지만. 함께 지내면서 그런 느낌은 못
받았어."

"그런가요. 하지만 니시가타 씨는 뭔가 알고 있는 듯한 얼
굴이었거든요."

"그렇다면 니시가타 씨에게 물어보면 되겠네. 레이 양이

기대하는 걸 들을 수 있을지는 모르겠지만."

"네."

"그보다."

진 마사유키는 커피를 한 모금 마셨다.

"기타모토 선생님에 대해 다소 마음에 걸리는 부분이 있었어."

진 마사유키는 눈썹을 찡그렸다.

"뭔데요?"

"응. 이건 어디까지나 느낌인데, 기타모토 선생님은 뭐랄까, 요즘에 뭔가를 두려워하는 듯한 느낌이 들었어."

진 마사유키는 커피잔을 책상 위에 내려놓았다.

"무엇을 두려워했는데요?"

"그건 몰라."

"왜 두려워한다고 생각했는데요?"

"대수롭지 않은 소리에 몸을 부르르 떤다거나 언제나 등 뒤를 신경 쓴다거나. 아, 하지만 이건 어디까지나 내 느낌이니까. 기분 탓인지도 모르고. 하지만 얼굴 표정이 그랬어. 뭔가를 두려워하는 듯한 표정이었어. 그게 가장 큰 이유인지도 모르겠어."

레이는 이것저것 생각했다. 함께 일을 했던 진 마사유키가 받은 느낌이라면 틀림없는 게 아닐까.

'그 사람은 도대체 무엇을 두려워한 걸까?'

아버지는 살해당했다! 살아 있을 때 뭔가를 두려워했다면 어쩌면 아버지는 살해당할 걸 알고 있었던 게 아닐까.

레이의 몸이 파르르 떨렸다.

"아버지는 어떤 일을 했죠?"

그 질문을 하고 처음으로 레이는 자신의 아버지가 어떤 일을 하던 사람인지 제대로 모르고 있었다는 걸 깨달았다.

"기본적으로는 진화발생학을 연구하고 있었어."

"진화, 발생학이라고요?"

"그래. 애기장대와 이끼류인 피스코미트렐라 파텐스를 연구했어. 선생님은 그 분야에서 뛰어난 분이었으니까."

"그랬나요."

"선생님은 식물에 대해 박사잖아. 그밖에도 식물의 성분 연구에도 힘썼어."

"성분⋯⋯."

"그래. 예를 들어 식물은 모두 유분을 갖고 있잖아."

"네."

"요리에 사용하는 기름은 모두 식물성이야. 채종유, 참기름, 홍화유 등. 그밖에 아로마세라피에서도 식물에서 추출한 성분을 써."

"그렇군요."

"그런 성분을 분석하면 여러 가지 사실을 알 수 있어. 학문이 실생활에 도움이 되게 하는 것도 이 분야지. 물론 유전자에 대해서도 이 연구실에서 충분히 연구할 수 있어."

"그렇습니까?"

"선생님은 그런 것들을 바탕으로 종합적으로 식물의 분류를 다시 하기도 했어. 레이 양 아버지는 열심히 일하셨지."

레이는 잠자코 고개를 끄덕였다.

"사실 연구는 연구를 위한 연구여서는 안 돼. 인류에게 도움이 되느냐 그렇지 않느냐 하는 문제도 중요한 문제야. 구체적으로 말하면 비즈니스가 되느냐 마느냐하는 고민이 과학자에게도 필요해."

진 마사유키라는 사람은 과학자치고는 독특한 사고방식의 소유자라고 레이는 생각했다.

"무엇보다도 기타모토 선생님은 연구실에 틀어박혀 있는 연구원은 아니었어. 정기적으로 바깥에 나가서 도시의 풀꽃 모습을 항상 관찰했지."

레이는 의외라는 생각이 들었다. 도시의 풀꽃 관찰은 레이가 늘 하던 게 아닌가. 떨어져서 사는 아버지와 딸, 그것도 원망의 대상인 아버지가 뜻밖에도 자신과 같은 행동을 할 줄이야.

"아빠는 어떤 곳에서 풀꽃을 관찰했나요?"

"주로 신주쿠 중앙공원에서."

그곳은 자신들이 매일처럼 발길을 옮겼던 요요기 공원 코 앞에 있는 곳이다. 레이와 친구들의 들풀 연구회도 신주쿠 중앙공원에 가본 적이 있다. 그때 아버지를 보지 못한 게 다행이라고 레이는 생각했다.

"신주쿠 중앙공원에서 들풀을 채취하거나 했나요?"

"아니. 채취는 하지 않았던 것 같아. 거기서 캐는 들풀은 대부분 우리 캠퍼스에서도 채취할 수 있으니까."

"아아."

"하지만 기타모토 선생님, 그러니까 레이 양 아버지는 그 공원을 좋아했던 것 같아. 더구나 들풀 자체를 좋아했지. 그래서 부지런히 찾아갔던 거라고 생각해."

그런 마음을 들풀이 아니라 자신의 딸에게 쏟았다면……. 이제 와서 말해봤자 너무 늦어버린 푸념을 레이는 마음속으로 속삭였다.

"루비앙이라고 들어본 적 있어요?"

"루비앙? 아니."

진 마사유키의 대답을 듣고 레이는 낙담했다. 언제나 함께 일했던 진 마사유키라면 들어본 적이 있지 않을까. 그런 기대를 하고 있었는데.

"뭐지, 그건?"

"아빠가 죽기 직전에 저한테 했던 말이에요. 분명 중대한 뭔가를 전하려고 한 게 아닐까 하고요."

"흐음."

진 마사유키는 신기하다는 듯 레이를 쳐다봤다.

"엄마도 모르고 도대체 뭘까요. 술집 이름이 아닐까 하는 사람도 있지만요."

"그렇군."

"하지만 전화번호부를 뒤져보고 114에 걸어 봐도 그런 이름의 가게는 없었어요. 어쩌면 식물 이름인지도 모르겠어요."

기타모토 히데키는 식물학자이므로 충분히 가능한 일이다.

"들어본 적이 없는데."

"그런가요."

레이도 식물 이름이라면 대부분 안다는 자부심이 있다. 그런 자신도 알아차리지 못했던 이름이다. 하지만 자신은 초보자다. 식물 연구소 연구원인 진 마사유키라면 어쩌면 알고 있을지도 모른다. 그런 어렴풋한 기대를 품고 있었다.

"잠깐 기다려봐."

진 마사유키는 일어나 책장으로 가서 커다란 책을 꺼냈다.

"현재 가장 수록 숫자가 많은 식물 사전."

레이는 고개를 끄덕였다. 진 마사유키는 분명 몇 권이나 되는 그 사전 중에서 '루'가 포함된 책을 꺼내 조사하고 있을 터이다. 잠시 팔랑팔랑 넘겨보다가 결국 그 책을 덮고 다른 책을 펴서 살펴보았다.

"없어. 적어도 식물의 이름은 아닌 것 같아."

"음……."

"이번에는 인터넷으로 조사해 봐야겠어."

진 마사유키는 자리를 옮겼다.

"저기."

"인터넷에서 찾아봤어?"

"대충 찾아봤어요. 하지만 철저하게는 아직."

"그래? 대개는 인터넷으로 알 수 있지. 물론 초보자가 취미로 써놓은 기사는 신빙성이 낮은 게 많지만. 뭐 논문에 인용하는 게 아니라면 상관없으니까."

그렇게 말하고 나서 진 마사유키는 어느새 컴퓨터로 검색을 하기 시작했다.

"음. 몇 개 있는데 그다지 참고는 안 될 것 같군."

"네."

"이상하네. 인터넷으로 검색해도 알 수 없다는 건 상당히 특수한 단어라는 소린데."

진 마사유키는 마우스에서 손을 뗐다.

"미안해, 도움이 못 되어서."

"아니에요. 고맙습니다. 귀중한 시간을 내 주셔서."

"기타모토 선생님에게 신세를 졌기 때문이지. 범인을 잡기 위해서라면 얼마든지 협력할게."

"고맙습니다."

레이는 엉겁결에 고개를 숙였다. 지금까지 순수하게 남에게 고개를 숙인 적은 없었다고 레이는 생각했다.

쿠마자와 요시히코는 동료인 우치노 타츠오와 함께 사장실에 불려갔다. 쿠마자와 요시히코는 요즘 절정기를 맞고 있다. 우치노 타츠오와 함께 걷는 모습에도 자신감이 가득하다.

쿠마자와 요시히코는 주식회사 폴린 제약의 연구실에 근무하는 사원이다. 나이는 27세. 키가 크고 가느다란 눈은 예리한 눈빛을 내뿜고 머리는 산뜻하게 깎았으며 값비싼 브랜드 제품의 양복을 입고 있었다.

옆에서 걷는 우치노 타츠오는 42세다. 키가 작고 둥그런 얼굴에 눈꺼풀은 부은 듯 눈을 반쯤 덮었고, 납작코에 입술이 두툼하다. 늘 하얀색 옷을 입고 다닌다. 회사 안을 분주하게 돌아다닌다. 그렇지만 쿠마자와 요시히코랑은 달리 연구실 밖으로 좀처럼 나가지 않았다. 쿠마자와 요시히코와 마찬가지로 우수한 연구원임에는 틀림없다.

"음, 무슨 일이지."

엘리베이터를 타자 우치노 타츠오가 나직이 물었다.

"뭐 칭찬을 받으려나 봐요."

그렇게 대답하고 쿠마자와 요시히코는 입가에 웃음을 머금었다.

엘리베이터가 꼭대기층에 도착하고 두 사람은 사장실 문을 두드렸다. 안쪽에서 문이 열리고 여비서가 두 사람을 들어오라고 했다. 여자는 그대로 사장실 밖으로 나갔다.

"문 닫아."

사장이 명령하자 우치노 타츠오가 문을 닫았다. 두 사람은 사장 앞으로 걸어갔다.

"연구 내용이 외부로 유출된 일은 없겠지."

사장인 고다마 쿄우지의 목소리가 날아들었다.

폴린 제약 사장 고다마 쿄우지는 현재 34세다. 키가 큰 쿠마자와 요시히코에 비하면 훨씬 작지만 양복 속에는 스포츠센터에서 단련한 강인한 육체가 숨겨져 있다. 또한 빈틈없는 태도는 보는 사람에게 강한 에너지를 느끼게 했다.

"그런 일은 없습니다."

쿠마자와 요시히코는 식은땀을 흘리며 대답했다. 틀림없이 칭찬을 받을 거라고 생각했는데 고다마 사장에게는 그런 마음이 없는 듯했다.

"신약은 이제 미국에서 인가를 받을 전망이다. 그걸 역수입하면, 일본의 후생노동성에서 내리는 느긋한 인가를 기다리는 것보다 훨씬 짧은 기간에 상품화할 수 있지."

쿠마자와 요시히코와 우치노 타츠오는 고개를 끄덕였다. 두 사람은 알츠하이머병의 특효약 개발에 힘쓰고 있다.

개발에는 막대한 연구비가 투입되었고, 피가 배어나올 만큼 노력했으며, 수없이 많은 실험을 되풀이했다. 그 결과 믿기지 않을 정도로 단기간에 알츠하이머병의 특효약 완성을 눈앞에 두고 있었다.

쿠마자와 요시히코와 우치노 타츠오가 주목한 건 식물에서 유래된 어떤 성분이었다. 어디서나 자라고 있는 평범한 들풀에서 추출된 성분이었다. 그 성분이 알츠하이머병의 치유에 도움이 된다는 건 아주 우연히 판명되었다. 하지만 특별한 발견에는 그런 우연이 으레 따르게 마련이다.

특효약 완성이 임박하자 사장인 고다마 쿄우지는 뭔가에 쫓기듯이 상품화를 서둘렀다. 미국의 자회사를 통해 미국에서 인가를 얻으려고 몹시 분주히 뛰어다녔다. 완성이 실현되면 역수입하는 편법을 써서 판매에 주력할 예정이었다.

신약의 제조, 판매를 하는 경우 제약회사는 먼저 병원에서 임상실험, 즉 신약의 승인에 필요한 임상실험을 하고 후생노동성의 승인을 얻어야 한다. 물론 예를 들어 외국에서 판매되고 있다고 해도 일본에서 판매하기 위해서는 일본의 병원에서 실험을 하고 후생노동성의 승인을 얻어야 한다. 그 시간이 일본은 다른 나라에 비해 훨씬 길다. 다른 나라에서 승인된 신약이 자국에서 승인될 때까지 걸리는 평균 기간은 미국이 약 500일, 프랑스는 약 700일, 일본은 약 1,400일이다. 그래도 일본에서 개발해서 허가를 받는 것보다는 짧은 기간에 마무리된다.

"됐나. 연구에 대한 모든 사항은 기업 비밀에 속해. 설령 아무리 사소한 일이라도 외부에 누출해서는 안 돼."

"네."

두 사람은 동시에 대답했다. 잽싸게 대답해야 할 것 같은 공포심을 느꼈기 때문이다.

"알았으면 나가."

두 사람은 식은땀을 흘리면서 사장실에서 나갔다.

시부야고등학교 들풀 연구회 회원은 고문인 이노하나 키요시와 함께 신주쿠 중앙공원에 갔다.

이노하나 키요시가 레이의 마음을 풀어주려고 야외학습을 구실 삼아 어딘가 바깥으로 데려가려고 한 것이다. 그 제

안을 듣고 레이는 행선지로 신주쿠 중앙공원을 희망했다. 아버지가 생전에 자주 찾아갔다고 들은 뒤 루비앙이라는 말의 수수께끼를 풀 힌트가 발견되지 않을까 어렴풋한 기대를 품었기 때문이다.

이노하나 키요시, 기타모토 레이, 이마하리야마 아야, 타카토 케이이치, 네 사람은 신주쿠역 니시구치에서 지하보도를 걸어 공원 정면 입구에 도착했다. 그리고 나서 물의 광장을 빠져나가 신주쿠 폭포의 물줄기 근처 벤치에 앉았다.

"사실은 이 공원에 종종 왔단다."

이노하나 키요시는 현재 33세, 독신이다. 키는 크지만 프레스기에 꽉 눌린 듯한 평평하고 독특한 얼굴을 하고 있다. 하지만 붙임성이 있어서 의외로 여학생들에게 인기가 많다.

"그러셨어요."

아야가 그다지 흥미가 없는 듯한 목소리로 말했다.

"집이 근처에 있기도 하고 이 주변에서 파는 크레이프를 좋아하거든."

"안 어울려요."

아야가 말하자 케이이치가 웃음을 터트렸다.

"실례가 되는 말이잖니."

이노하나는 분개했지만 별로 화난 것 같지도 않았다.

"왜건을 이용한 이동식 크레이프 가게인데 인기는 없었어.

아무튼 메뉴가 한 종류밖에 없으니까."

"촌스러워."

"정말 간단하게 생크림만 있는 크레이프. 하지만 그걸 좋아했지. 나는 이것저것 장식한 크레이프는 별로 안 좋아하거든."

"지금도 있어요?"

"아니, 최근에 못 봤어."

"역시 망했나 봐요. 장사는 힘든 거니까요."

아야가 말하자 이노하나는 이제 크레이프를 먹을 수 없게 된 걸 깨달았는지 한숨을 푹 쉬었다.

"크레이프라면 레이예요."

아야가 말했다.

"좋아해?"

"아주 좋아해요. 그렇지?"

아야의 말에 레이는 쑥스러운 듯 웃음을 머금고 고개를 끄덕였다.

"당장 '크레이프 먹으러 가자'고 말해야겠는 걸. 가장 좋아하는 크레이프는?"

"바나나 초콜릿 생크림 크레이프요."

레이가 바로 대답하자 다들 웃었다. 오랜만에 듣는 웃음소리라고 레이는 생각했다.

이노하나가 일어섰다.

"지난번에 '마당의 7가지 꽃'에 이어서 '길의 7가지 꽃'을 선정했지."

'길의 7가지 꽃'이란 길가에서 종종 볼 수 있는 꽃이라는 의미다. '마당의 7가지 꽃' 역시 마당에서 종종 볼 수 있는 꽃을 말하는데 양쪽을 엄밀히 구별할 수는 없다. 인상을 근거로 한 모호한 구분이지만 그래도 들꽃연구회는 길과 마당에서 발견한 꽃을 디지털카메라로 찍어 발견 장소도 기록하고 있다. 때문에 나름대로 신빙성은 있을 터이다.

지난번에 레이를 중심으로 선정한 '길의 7가지 꽃'은 다음과 같다.

-기생초, 분꽃, 광대나물, 달개비, 자주괴불주머니, 방가지똥, 제비꽃.

'길의 7가지 꽃'에 선정된 광대나물은 '봄의 7가지 풀'에 나오는 광대나물과는 다른 종류로 현재 자주 발견되는 종이다.

또 기생초와 아주 비슷한 개망초라는 종도 있지만 겉보기에는 기생초와 거의 구별이 안 되기 때문에 기생초와 하나로 묶기로 했다. 기생초와 개망초를 구별하는 방법은 이렇다. 잎의 밑동이 줄기를 감싸고 있는 풀은 기생초, 감싸고 있지 않은 풀은 개망초다. 하지만 실제로 보면 기생초와 개망초의 중간 정도로 감싸고 있는 풀이 많아서 명확히 구분하는 건 의외로 어렵다. 아마도 두 가지는 자연스럽게 교잡해서 잡종을 만들어내지 않았을까, 하고 레이는 생각했다. 한자로 쓰면 기생초는 봄에 피는 국화과 개미취라는 의미로 하루지온(春紫苑), 개망초는 작은 중국산 풀이라는 의미로 히메조온(姬女苑)이 된다.

레이와 회원들이 선정한 '길의 7가지 꽃'은 저마다 아름다운 꽃을 피운다. 도시의 길모퉁이에도 주의 깊게 보면 꽃이 많이 피어 있다.

"하지만 기타모토 레이는 아름다운 꽃뿐만 아니라 풀에도 애착을 갖고 있지?"

이노하나의 말에 레이가 고개를 끄덕였다. 들풀 중에도 아름다운 꽃을 피우는 종이 많지만 꽃이 두드러지지는 않는다. 단순히 풀이라고밖에 할 수 없는 종류도 많다. 레이는 그런 '풀'도 좋아한다.

"그래서 '길의 7가지 꽃' 외에 '길의 7가지 풀'도 선정할 생각이다."

"저도 이 모임에 들어오고 나서 풀이 좋아졌어요."

아야가 말했다.

"나도."

케이이치가 동의했다.

"'길의 7가지 풀'에 넣고 싶은 풀이 있어?"

"질경이라든가."

"좋은데."

아야의 의견에 레이가 찬성했다.

"정말?"

"응. 아무래도 '길의 7가지 풀'이라는 이름을 붙이려면 눈에 잘 띄는 풀이어야 해. 그 점에서 질경이라면 어디서든 볼 수 있잖아."

레이의 발밑에도 질경이가 자라고 있었다.

"그 다음에는?"

"강아지풀."

케이이치가 말했다. 아무래도 벤치 밑에서 본 모양이다.

"나는 개여뀌도 넣고 싶어."

아야가 말했다. 개여뀌는 꼭 팥찰밥처럼 생겼다.

"맞아. 어렸을 때 자주 소꿉놀이하고 그랬어."

그렇게 말하면서 레이는 어린 시절을 떠올렸다. 유치원 때였을까, 아버지와 놀던 무렵의 광경⋯⋯.

'그 시절에는 아직 그 사람과 사이가 좋았어.'

어린 시절에 아버지와 종종 산책을 했다. 하지만 아버지는 금세 길가에 쭈그리고 앉아 들꽃을 주시했다. 레이도 아버지를 따라서 들꽃을 바라보았다. 그 무렵 아버지와 뭔가 약속을 했던 게 떠올랐다.

'뭐였지? 뭔가 풀꽃에 대한 것 같은 기분이 들어.'

그 무렵 나누었던 대화…….

떠오르지 않는다. 하지만 레이는 금세 그 기억을 머리 한 구석으로 몰아넣었다. 이제는 아무래도 좋은 일이고 지금은 '길의 7가지 풀'을 선정하고 있다.

"나는 꼭 자주광대나물을 넣고 싶구나."

이노하나가 말했다.

"아, 선생님도 참가하는 거예요?"

아야가 말했다.

"당연하지. 나는 이 모임의 고문이잖니."

"그게, 인원수를 채우려고 억지로 고문이 되어달라고 한 거라서."

"그런 말은 실례야. 내가 과학 교사라는 걸 잊었어?"

"잊었어요."

아야의 말에 다들 웃었다.

"솔직히 말하면 기타모토 레이에게 영향을 받아 최근에 드디어 흥미를 갖기 시작했단다."

"선생님도 그랬군요."

"식물에 대한 지식은 나름대로 있었지만 길가의 식물을 사랑하는 마음은 요즘 와서 드는구나. 그런 마음이 들고 나 서는 산책이 즐거워졌지."

"레이에게 고마워하셔야겠어요."

이노하나는 고개를 주억거렸다.

"자주광대나물도 좋아요. 흔히 볼 수 있고."

레이의 말은 들풀 연구회에서는 실질적인 인정과 같은 의미를 지닌다.

자주광대나물은 차조기과의 외래식물로 길가에 군락을 이루고, 피어 있는 모습은 광대나물과 비슷하다. 하지만 사실은 꽃으로 보이는 게 잎이다.

"기타모토 레이는 어떤 거?"

"저는 큰이삭풀이랑 새포아풀을 넣고 싶어요."

"으응?"

아야는 놀랐다. 둘 다 정말로 흔히 보는 풀로 어디에서나 자란다. 그런데 보통 사람에게는 잡초로 여겨지는 풀이기 때문이다.

"그만큼 자주 보는 풀이니까 빼놓을 수 없지."

"그렇구나."

"지금까지 나온 건 질경이."

이노하나가 손가락을 꼽았다.

"강아지풀."

"개여뀌."

"자주광대나물."

다들 각자 자신이 선택한 풀을 확인하듯 말했다.

"기타모토 레이는 큰이삭풀과 새포아풀이었지."

"네."

"이렇게 하면 6종."

"나머지 하나는?"

모두 공교롭게도 레이를 바라보았다.

"그래. '마당의 7가지 꽃'에 넣고 싶었는데 그때 못 넣은 갈
퀴덩굴을 추천할게."

갈퀴덩굴은 어느 마당에서도 흔히 보는 풀인데 꽃이 수수
해서 '마당의 7가지 꽃'에는 선정되지 못했다.

"좋아 결정했어."

이노하나가 커다란 목소리로 말했다.

"우리 들풀 연구회가 선정한 '길의 7가지 풀'은 질경이, 강
아지풀, 개여뀌, 자주광대나물, 큰이삭풀, 새포아풀, 갈퀴덩
굴이다."

회원들은 모두 고개를 끄덕였다.

"그럼 그 '길의 7가지 풀' 사진을 찍으면서 돌아가자."

"운 좋게 다 찍을 수 있을까요?"

"찍을 수 있는 걸 골랐잖니."

"그랬어요."

회원들은 소리 내어 웃으며 걷기 시작했다.

"이 공원도 노숙자가 줄어들었어."

느닷없이 이노하나가 말했다. 멀리서 걷고 있는 노숙자를 보고 말하는 모양이었다.

"전에는 좀 더 많았나요?"

"응. 바로 얼마 전까지."

"도쿄 도가 공원에서 노숙자를 쫓아냈을까."

레이는 멀리 있는 노숙자를 멍하니 바라보았다. 아는 사람 같은 기분이 들었다.

'설마.'

아는 노숙자는 없다. 레이는 눈길을 돌렸다.

"선생님, 질경이가 벌써 보여요."

"'길의 7가지 풀'이니까 공원이 아니라 길에서 찍자."

회원들은 공원 출구를 향해 걷기 시작했다.

'식물학자 살해 사건 특별 수사본부'의 회의가 열렸다.

"그 후 진전된 상황은?"

본부장이 오오타 구로를 응시하면서 물었다. 그러자 이와마가 노트를 손에 들고 일어났다.

"기타모토 히데키가 갖고 있던 대여금고에서 증권회사가 발행한 주식 명세서가 나왔습니다. 품목은 폴린 제약입니다."

"얼만데?"

"현금으로 환산하면 약 10만 엔입니다."

"대단한 금액도 아니군. 더구나 명세서라면 일부러 대여금고 안에 넣어둘 필요가 없었을 텐데."

"피해자에게는 중요한 거였겠죠."

"다른 건 없었나? 대여금고 안에."

"없었습니다."

본부장은 골똘히 생각했다.

"10만 엔이면 돈을 노린 범행이라고는 생각하기 어려워."

"범인은 재산이 좀 더 많이 있을 거라고 생각했을지도 모르겠습니다."

이와마가 말했다.

"물론 그럴 가능성도 있지만 그렇다고 해도 범행 현장인 자택 맨션에서는 현금을 도둑맞지 않았잖아."

"지갑에는 만 엔짜리 지폐가 한 장, 천 엔짜리 지폐가 석 장 들어 있었습니다."

"돈이 목적이었다면 범행하고 제일 먼저 지갑의 돈을 훔쳤을 게 분명해."

이와마는 고개를 끄덕였다.

"돈이 목적일 가능성이 낮다면 그 다음은."

"원한이지."

오오타 구로가 앉은 채로 말했다.

"레이라는 딸은 피해자를 원망하고 있어. 그게 동기지. 부모 자식이 떨어져 살고 있고."

"떨어져 살고 있다면 오히려 미움이 들끓을 기회도 없지 않을까요?"

이와마가 앉아 있는 오오타 구로를 내려다보면서 말했다. 오오타 구로는 혀를 끌끌 찼다.

"피해자는 죽기 직전에 딸에게 '루비앙'이라는 말을 남겼습니다."

"루비앙……. 뭐지 그건?"

"모르겠습니다. 술집 이름 등 이것저것 조사해보았지만 실마리를 못 잡았습니다."

수사본부장은 곰곰이 생각했다.

"여기저기 물어봐서 그 말의 의미를 알아내게."

"네."

이와마는 자리에 앉았다.

"아무런 의미도 없는 말인지도 몰라."

오오타 구로가 이와마에게 말을 건넸다.

"그럴까요. 저는 이 사건의 열쇠를 쥐고 있는 말 같다는 생각이 드는데요."

그렇게 말하고 이와마는 넥타이 매듭을 매만졌다.

8

레이는 오후 6시에 세이조대학교 근처, 즉 아버지의 직장 근처 커피숍에서 니시가타 사토미와 만나기로 했다.

지난번에 세이조대학교 식물 연구소를 방문했을 때 니시가타 사토미와 만나지 못했기 때문이다.

거리를 산책한 뒤 레이는 약속 장소인 커피숍에 도착했다. 먼저 커피를 마시고 있는데 잠시 뒤에 니시가타 사토미가 다가왔다. 니시가타 사토미는 레이를 발견하고 웃음을 지으면서 맞은편에 앉았다.

어른과 이야기할 때 레이의 목소리는 다 기어들어갈 정도로 작아진다. 가능하다면 이야기하고 싶지 않았다. 하지만 이야기해야 한다면 절대로 도망치지 않고 이야기해야지. 레이는 그렇게 다짐했다.

"잘됐어. 사건 해결로 이어지는 일이라면 뭐든지 할게."

"고맙습니다."

"우리에게 기타모토 선생님은 소중한 분이었으니까."

다가온 여종업원에게 니시가타 사토미는 커피를 주문했다.

"일이 끝난 뒤에도 종종 진 마사유키 씨와 셋이서 식사를 했어. 학생들도."

니시가타 사토미는 씩 웃었다.

"사실은 아버지 장례식 때 한 번도 본 적이 없는 젊은 여자가 왔어요."

"기타모토 선생님의 애인이라고 의심하고 있어?"

레이는 고개를 끄덕거렸다.

"상상도 할 수 없는 일이야. 함께 근무했고 일이 끝난 뒤에 식사뿐만 아니라 술을 마시러 간 적도 있었어. 하지만 술자리에서조차 그런 이야기는 나오지 않았어."

"연구소 동료에게 쉽사리 이야기할 수 없었던 게 아닐까요?"

레이의 말에 니시가타 사토미는 다소 의외라는 표정을 지었다. 하지만 레이의 말이 당연하다고 여겼는지 "그렇지" 하고 고개를 끄덕였다.

"하지만 지나친 생각이야. 드라마를 너무 많이 봤어."

"저요, 그렇게 드라마 많이 안 봐요."

"그렇구나. 나는 자주 보는데. 비디오로 녹화해뒀다가 한밤중에 보거나 해. 대하드라마는 보니?"

올해 NHK 대하드라마가 「풍림화산」이란 건 간신히 알고 있지만 본 적은 없다. 레이는 고개를 좌우로 흔들었다.

"저는 우치노 마사아키 팬이에요. 「불쾌한 진」도 봤고요."

갑자기 니시가타 사토미가 입을 꽉 다물었다. 레이는 미심쩍다는 듯 니시가타 사토미를 응시했다.

"우치노……. 어디선가 들어본 적이 있는 이름이야."

니시가타 사토미는 잠시 생각했다.

"미안해. 레이 양과는 관계없는 이야기야."

니시가타 사토미는 화제를 본론으로 돌렸다.

"만약에 그 여자가 애인이었다면 왜 장례식에 뻔뻔스럽게 나타났을까?"

"선전포고라고 생각해요."

"선전포고?"

"네. 엄마에 대한. 앞으로 아빠의 유산을 둘러싸고 당신과 싸우겠다는 선전포고."

"그거야말로 지나친 생각이야."

사토미는 웃음을 머금었다.

"하지만 니시가타 씨, 제가 지난번에 이 이야기를 했을 때 다소 묘한 표정을 지었잖아요."

"응?"

"알고 있었던 거 아니에요? 그 여자?"

니시가타 사토미는 가방에서 담배를 꺼냈다. 상표는 하이 라이트였다. 한 개비 꺼내서 입에 물었다.

"피워도 돼?"

레이는 고개를 끄덕거렸다. 니시가타 사토미는 안도하는 표정으로 불을 붙였다. 맛있다는 듯 연기를 뿜어냈다. 담배를 들고 있는 손가락이 무척 가늘었다. 이렇게 섬세한 사람은 담배의 해악도 보통 사람보다 크게 입지 않을 거라고 레이는 생각했다.

"독한 담배가 아니면 만족이 안 돼."

"그 담배가 독한지 안 독한지 저는 몰라요."

여리고 자신 없었던 마음이 점점 강해졌다. 레이는 그렇게 느꼈다.

니시가타 사토미는 가볍게 웃었다.

"그 사람, 딱 한 번 본 적이 있어."

레이는 심장이 쫙 오그라드는 느낌이 들었다. 니시가타 사토미는 중요한 이야기를 하려는 건지도 모른다.

"장례식에 왔던 여자 말인가요?"

"응."

"어디서요?"

"신주쿠 커피숍에서 우연히 봤어. 기타모토 선생님과 함께 차를 마시고 있었어."

"커피숍 이름은요?"

"이름은 잊어버렸어. 하지만 신주쿠역 건물 안에 있는 커피숍이었어."

"언제쯤이요?"

"한 달 전쯤이야. 시간은…… 일이 끝나고 나서니까 7시쯤. 그날 친구들과 영화를 보러 가기로 되어 있어서 그 커피숍에서 기다리고 있었거든. 커피를 마시고 있는데 정면에 앉아 있는 여자가 눈에 들어왔어."

"그 사람이었나요?"

"응. 얼굴이 예뻐서 똑똑히 기억하고 있어. 게다가 등을 보이고 앉아있는 남자가 어딘가 본 기억이 있는 것 같은 기분이 들더라고."

"그 사람이 저희 아빠였나요?"

니시가타 사토미는 고개를 끄덕였다.

"두 사람이 자리에서 일어나서 출입구를 향해 걸어갈 때 얼굴을 똑똑히 봤어. 기타모토 선생님이었어."

"아빠는 니시가타 씨를 알아봤나요?"

"아니. 내가 순식간에 얼굴을 돌려버렸거든."

"그랬군요."

"하지만 그 정도 일로 애인이라고 하기에는……. 일과 관련된 사람인지도 모르잖아?"

"그렇지만 일과 관련이 있다면 니시가타 씨도 알고 있지 않을까요? 동료니까요."

"그건……."

니시가타 사토미는 말문이 막혀버렸다.

"하지만 어떻게 할 수도 없어. 그 사람의 이름조차 모르니까. 찾을 방법이 없어."

"그렇죠."

레이는 목소리를 낮췄다.

역시 아버지는 그 여자와 만나고 있었다. 이미 오래전에 애인이라고 규정지었지만 새삼 분노와 허무함이 밀려들었다. 마음 어딘가에서 착각이기를 바라고 있었는지도 모른다.

"참. 하나 더 물어보고 싶은 게 있어요."

"뭔데."

"폴린 제약이라고 들어본 적이 있나요?"

"들어본 적은 있어. 그런데 왜?"

"아빠가 폴린 제약의 주식을 갖고 있었어요."

"유산이 많이 있었다는 거니?"

"아니요. 금액은 10만 엔 정도라고 해요."

"그래?"

"아버지는 그 주식 명세서를 대여금고 안에 넣어두었어요. 그게 이상해요. 뭔가 일과 관련되어 있는 게 아닐까 해서요."

"일과 관련되어 있지는 않아."

"그렇군요."

"하지만……."

니시가타 사토미의 눈동자가 묘하게 흔들렸다. 뭔가를 생각하는 듯했다.

"들은 적이 있어. 텔레비전이나 그런 곳에서가 아니라 기타모토 선생님이 직접 말한 걸 들은 것 같은 느낌이 들어."

"네?"

"뭐였더라."

"기억을 더듬어보세요."

레이는 필사적으로 말했다.

"잠깐 기다려봐."

니시가타 사토미는 눈을 감았다.

"안 되겠어. 생각이 안 나."

"부탁합니다. 중요한 것 같은 기분이 들어서요."

"그러게 말이야. 시간을 좀 줘. 혼자서 천천히 떠올려볼게."

"부탁합니다."

레이는 고개를 숙였다.

"레이 양 아버지가 살해당한 것과 폴린 제약은 무슨 연관이 있을까?"

"그건……."

모른다. 하지만 지금은 지푸라기라도 잡는 심정이다. 아버지를 죽인 범인에 대해 전혀 실마리가 없는 상태이기 때문이다. 어쩌면 자신의 품안에서 친아버지가 죽은 참혹한 기억을, 진상을 파헤치며 바쁘게 뛰어다님으로써 감추려는 건지도 모른다.

예수는 부처를 자택에 초대했다.

　자택이라고 했지만 실은 파란 시트로 만든 텐트다. 베니어 합판으로 된 식탁에 두 사람은 자리를 잡았다. 주위에는 전기난로, 식기류, 니혼사카리의 1.8리터짜리 유리병, 페트병, 커다란 플라스틱 상자 하나, 우산과 장화 등이 놓여 있었다.

　"저건 뭐야?"

　부처가 자그마한 전자제품을 손가락으로 가리켰다.

　"아이팟이야. 이걸로 음악을 듣지. 전화박스에서 주웠어."

　"안 팔아?"

　"그냥 내가 쓰려고."

　"그러고 보니 당신은 전에도 게임보이랑 녹음기랑, 전자사전이랑 여러 가지 갖고 있었어."

　"전기기사였거든."

　예수가 툭 하고 말을 내뱉었다.

　식탁 위에는 밥그릇과 찻잔이 두 개씩 놓여 있고, 밥그릇 안에는 밥과 채소가 들어 있었다.

　"어때, 경기는."

　예수가 물었다. 요즘 예수는 점점 야위어가고 있었다.

"아주 안 좋아."

부처가 젓가락을 쥐면서 대답했다.

"골판지는 킬로그램 당 3엔, 신문지는 킬로그램 당 2엔이야. 고철이라도 팔아야 할까."

"그런 건 안 돼. 나는 책을 주워서 팔아. 음란한 책이 비싸게 팔리지. 30권에 3, 4천 엔이야."

"저기 예수."

부처는 볼이 미어터지도록 밥을 입에 넣은 채 말했다.

"나는 슬슬 여기서 떠날 생각이야."

밥을 입안 가득히 넣은 상태로 예수가 부처의 얼굴을 응시했다.

"언제까지나 이런 생활을 하고 있어서는 곤란해."

"그건 그렇지만."

"생활 지원을 받으려고."

부처는 밥을 먹으면서 이야기했지만 예수는 먹는 걸 잊고 있었다.

노숙자에게 일거리를 소개하는 자립지원센터는 도내에 5곳이 있다. 도쿄 도는 노숙자 지역생활 이행 지원 사업에 따라 집세가 월 3천 엔인 집을 2년 동안 노숙자에게 제공했다.

"나 말이지. 기타모토 선생님 장례식에 가서 깨달았어. 노숙자로 살면 세상 사람들이 상대를 해주지 않아. 언젠가 자네가 말한 대로야."

예수는 입을 꾹 다물었다.

"도쿄 도 역시 그래. 공원 벤치는 한가운데를 통나무로 막아놔서 우리가 잠을 자지 못하게 하고 있어. 우리 보금자리에도 가시가 있는 장미를 심고."

예수는 고개를 주억거렸다.

"우리는 소외됐어. 불교에서는 고립되어 도움을 받을 데가 없는 상태를 지옥이라고 하지."

"다들 도쿄 도에서 제공하는 아파트에 갔나?"

요즘 안면이 있는 노숙자들의 모습이 보이지 않았다.

"아니, 그런 이야기는 듣지 못했어. 물론 뒈져버린 것도 아니겠지만."

길에서 죽은 노숙자들은 대부분 신원 파악이 된다. 다들 어딘가에 출신을 알 수 있는 물건을 휴대하고 있기 때문이다.

"이상하군."

"고향에 돌아갔나?"

"그런가. 그런 사람들로는 안 보였는데."

"사람은 겉보기랑 다르잖아."

그렇게 말하고 부처는 오랜만에 웃었다.

"이거 줄게."

예수가 부처에게 책을 건넸다.

"뭔데?"

"중요한 기록이야."

바라보니 『신약성서』였다.

"확실히 인류에게 엄청나게 중요한 기록이지만."

"자네의 새로운 생활을 위한 선물."

"괜찮겠어?"

"기타모토 선생님도 죽었잖아. 내가 갖고 있어봤자 아무 소용없지."

"그런가. 하지만 언젠가 돌려줄게. 나는 불교신자니까."

"알았어."

예수는 다시 밥을 꾸역꾸역 밀어 넣기 시작했다.

특별활동은 계속되었다.

그렇지만 원래 활발한 모임은 아니었기 때문에 평소대로 일주일에 한 번 정기모임 외에는 마음이 내킬 때 모이는 정도였다. 그리고 방과 후 어슬렁어슬렁 거리를 산책하고 도시의 들풀을 관찰했다.

오늘도 레이는 그렇게 모임의 회원들과 길거리를 걸은 후 니시가타 사토미와 이야기를 나누었다. 이야기를 다 하고 집에 돌아간 건 저녁 8시가 지나서였다.

어머니는 덜 마른 가다랑어포와 양념간장에 찍어 먹는 날두부를 2인분 준비해 놓고 있었다.

"기다리고 있었어?"

"이제 우리는 정말로 단 둘이 되어버렸잖니."

요코의 말에 레이는 뭐라고 답해야 할지 몰랐다. 요코는 남편이 죽고 나서 기력을 잃었다.

'그 사람을 정말로 어떻게 생각하고 있었을까?'

싸웠지만 이제 용서하고 싶다. 엄마는 입으로는 그렇게 말했다. 하지만 8년이란 세월이 흘렀어도 여전히 용서할 수 없는 걸까.

사람을 좋아하게 되는 건 불가사의한 일이라고 레이는 생각했다.

'나는 어떤가?'

케이이치의 얼굴이 머릿속에 떠올랐다. 한 번, 영화를 보러 가자고 약속하고 그걸로 끝이었다. 영화를 보러 가자고 했을 때 기쁘다기보다는 소스라치게 놀란 마음이 더 컸다. 하지만 기쁘지 않은 건 아니었다. 만약에 둘이서만 만났다면 가슴이 두근두근했을지도 모른다.

게다가…….

'영화를 보러 가자고 한 건 나를 좋아하기 때문일까?'

아직까지 확인하지 못 하고 있었다.

'엄마와 그 사람도 처음에는 그런 마음이었을까?'

레이는 엄마의 얼굴을 뚫어져라 쳐다봤다.

"왜 그러니?"

"아, 으응."

레이는 젓가락을 들고 날두부를 먹기 시작했다.

"니시가타 사토미 씨랑 만났어."

레이는 이야기를 꺼냈다.

"연구실?"

"응. 그래서 그 사람의 애인에 대해 물어봤어."

"레이."

"역시 니시가타 씨는 알고 있었어. 그 사람과 애인이 시내에서 만나는 걸 봤대."

"시내, 어디?"

"신주쿠 커피숍."

"커피숍이라면 딱히 애인이 아닐 수도 있잖니."

"아직도 그 사람한테 미련이 남았어?"

레이는 어머니를 노려보았다.

"레이."

어머니의 목소리가 다소 무겁다고 레이는 느꼈다.

"네 아버지에 대해 나쁘게 말하지 마라."

"그러니까 그 사람은 우리를 버렸잖아."

"어쩔 수 없었어. 말했잖니. 우리 부부는 서로 일을 갖고 있었고 둘 다 바빴기 때문에 엇갈릴 때가 많았단다. 게다가 별거의 계기도 네 아버지가 연구실과 좀 더 가까운 곳으로 옮기고 싶어 했던 게 실질적인 이유였어. 싸우고 나서 헤어지는 꼴이 되었지만."

"가족을 버리고 말이지."

요코는 한숨을 푹 쉬었다.

"버린 게 아니라 도망친 거야. 네 문제로 나랑 네 아버지가 매일같이 싸운 건 분명해. 그게 너한테도 좋지 않다고 네 아버지는 생각했고. 그래서 집을 나간 거야."

"버린 거랑 집을 나간 거랑 어떻게 다른데?"

요코는 거기에는 답하지 않고 화제를 돌렸다.

"네 아버지도 사실은 너를 위해 집을 나간 거란다. 부부가 싸움만 하는 것보다는 자신이 집을 나가는 편이 레이, 너를 위해서 좋다고 생각한 거지. 네 아버지의 바람은 레이, 너의 행복이야."

"그만둬."

"저기, 레이. 만약에 장례식 때 온 여자가 네 아버지의 애인이라면 그 애인이 아버지를 죽였다고 생각하니?"

"그건……."

모르겠다.

벨이 울렸다.

요코가 일어나서 인터폰 수화기를 들었다.

-기타모토 씨. 죄송합니다. 〈주간 워드〉의 나가타 유스케
라고 합니다.

찾아온 사람의 목소리가 레이한테도 들렸다.

요코가 의아하다는 표정으로 레이를 돌아다봤다. 네가 아
는 사람이니? 하고 묻는 걸까. 레이는 고개를 가로저었다. 기
타모토 히데키가 살해당한 사건에 대한 취재이리라.

-아무것도 답할 게 없어요.

요코는 곧바로 인터폰을 끊고 식탁으로 돌아왔다.

"뭐야? 지금 그 사람."

"모르겠네. 하지만 우리랑 상관없어. 사건 취재겠지."

"그렇겠지."

"불쾌하구나."

자신의 남편이 주간지 기사에 실리는 작태를 요코는 한탄
했다.

벨이 울렸다.

"끈질기네."

요코는 일어나서 아까보다 한껏 힘을 주어 인터폰 수화기
를 들었다. 그대로 잠시 상대의 태도를 살폈다.

-죄송합니다. 기타모토 히데키 씨의 유족과 만나고 싶습니다만.

젊은 여자의 목소리가 들렸다.

-누구시죠?

-노시로 루미라고 합니다.

-무슨 용건이죠?

-기타모토 히데키 씨에 대해, 하고 싶은 이야기가 있습니다.

요코는 레이를 돌아다봤다. 레이는 꼼짝 않고 요코를 바라보았다.

-잠깐 기다리세요.

요코는 문을 열었다. 문 저편에는 남편의 장례식 때 본 젊은 여자가 서 있었다.

9

예수가 전화를 걸자 금세 쿠로토비 에이토가 찾아왔다.

현재 예수는 쿠로토비 에이토가 타고 온 왜건 안에 있다. 자동차 창문에는 커튼이 쳐 있어서 바깥은 보이지 않았다.

쿠로토비 에이토는 예수에게 만 엔짜리 지폐를 넉 장 쥐어주었다.

"이렇게 많이……."

예수는 본명이 이에나가 타카오라고 했다. 원래 전기기사였지만 이유다운 이유도 없이 회사를 그만두고 집을 처분하고 지금은 신주쿠를 본거지로 노숙자 생활을 계속하고 있다. 노숙자들 사이에서 예수라고 불린다. 이미 70세를 넘은 예수에게 공원에서 하는 노숙은 힘들었지만 그래도 이따금 쿠로토비 에이토에게 받는 용돈 덕분에 굶지 않고 지냈다.

하지만 요즘 쿠로토비 에이토에게 받은 돈이 바닥을 드러냈다. 노령의 예수에게는 쓰레기통을 뒤지는 생활이 괴롭다. 좀 더 좋은 음식을 먹고 싶다. 좋은 옷을 입고 싶다. 좋은 구두를 신고 싶다. 무엇보다 지붕이 있는 집에서 살고 싶다. 갖가지 생각이 끊임없이 예수의 머릿속에 떠올랐다 사라졌다.

"뭔가 생각났나? 기타모토 선생님에 대해."

예수는 고개를 주억거렸다.

"어떤 건데?"

쿠로토비 에이토는 눈을 가늘게 뜨고 예수를 응시했다. 그 눈에 자애로운 빛이 깃들어 있다고 예수는 생각했다.

"그건……."

"뭐지?"

쿠로토비 에이토는 예수의 어깨에 손을 올렸다. 사실 예수의 몸을 만지는 사람은 거의 없었다. 그것만으로도 예수는 기뻤다.

"루비앙에 대해."

"루비앙? 뭐야, 그게."

"꽃 이름이야."

쿠로토비 에이토는 미심쩍어 하는 표정이었다.

"들어본 적이 없는 꽃인데?"

"기타모토 선생님이 만든 꽃이야."

쿠로토비 에이토의 뺨이 실룩거렸다.

"어떤 꽃인데?"

"만들었다기보다는 원래 있던 꽃이지만."

쿠로토비 에이토는 고개를 갸우뚱거리며 뒷이야기를 재촉했다.

"그 꽃에 새로운 이름을 붙였어. 그 새로운 이름이 루비앙이야."

"어떤 꽃에 새로운 이름을 붙였는데?"

"큰개불알풀."

쿠로토비 에이토는 눈을 가늘게 뜨고 예수를 물끄러미 바라보았다.

"기타모토 선생님은 큰개불알풀에 루비앙이라는 새로운 이름을 붙였어."

쿠로토비 에이토는 더욱더 눈을 가늘게 떴다.

"기타모토 선생님에게 배웠는데 큰개불알풀은 지바 현에서 '별의 눈동자'라는 별칭으로도 불린대. 예쁜 꽃이니까."

"루비앙은 어떤 의미인데?"

"유리색, 즉 보랏빛이 도는 짙은 파란색에서 연상한 거라고 그랬어."

유리는 파란색 보석으로 칠보 가운데 하나다.

"땅에 피어 있는 유리. 그게 루비앙이라고 했어."

"매우 흥미로운 이야기군. 왜 그 꽃에 새로운 이름을 붙였는지 알아?"

"딸하고 약속한 모양이야."

"딸하고?"

"아아. 딸이 어렸을 때 서로 약속을 한 것 같아."

쿠로토비 에이토는 혀를 끌끌 찼다.

"그런 거야?"

쿠로토비 에이토의 눈에서 웃음기가 사라진 듯한 기분이 들었다.

"뭐 좀 더 떠오르는 건 없나?"

예수는 눈을 가늘게 뜨고 손에 들고 있던 만 엔짜리 지폐를 바지 주머니에 쑤셔 넣었다.

"으음."

"천천히 떠올려 봐."

어깨에 올라와 있는 쿠로토비 에이토의 손이 한층 더 무거워진 듯한 느낌이었다.

"폴린 제약에 대해 뭔가 말하지 않았어? 기타모토 선생이."

"폴린 제약……."

역시 그건가. 기타모토 선생님은 최근 폴린 제약에 대해 조사를 하고 있었다.

"쿠로토비 씨도 조사하고 있어?"

쿠로토비 에이토의 얼굴에 웃음이 돌아왔다.

"그래. 기타모토 선생에게 부탁을 받았어. 어때? 생각났어? 생각이 나지 않으면 기타모토 선생의 뒤를 이어 조사를 수행하는 게 불가능해."

"알았어."

기타모토 선생님을 위해서다. 할 수 있는 건 해야겠다고 예수는 생각했다.

"사실은 기타모토 선생님이 폴린 제약의 비밀을 쥐고 있다고 했어."

쿠로토비 에이토의 손에 힘이 들어갔다.

"자세히 이야기해봐."

예수는 알고 있는 걸 남김없이 이야기했다.

"어때, 도움이 됐어?"

"아아."

쿠로토비 에이토는 예수의 어깨에서 손을 떼고 그 손을 양복 안주머니에 넣었다. 예수는 침을 꿀꺽 삼켰다. 지금 제공한 정보에 대해 돈을 또 받을 수 있을까.

예수는 쿠로토비 에이토의 손을 주시했다. 안주머니에서 꺼낸 쿠로토비 에이토의 손에는 검은색 권총이 들려 있었다.

"네 녀석을 살려두면 위험하다는 사실을 안 것만으로도 충분히 도움이 됐지."

그렇게 말하고 쿠로토비 에이토는 방아쇠를 당겼다. 자그마한 소리가 났다. 예수는 눈을 커다랗게 뜨고 자신의 가슴을 내려다봤다. 가슴에는 구멍이 뚫리고 그곳에서 피가 철철 흘러내렸다. 예수는 그 피를 바라보고 있었다. 이윽고 천천히 앞으로 고꾸라졌다.

"치워."

쿠로토비 에이토가 운전사에게 명령했다. 왜건은 창문에 커튼을 친 채로 달렸다.

10

문 앞에 서 있는 사람은 장례식 때 보았던 젊은 여성이었다.

"당신은……."

머리카락이 어깨까지 닿지는 않았다. 미인이고 약간 당차 보이는 눈을 갖고 있었다. 커다란 가방을 들고 있었다. 업무 용일까.

"하고 싶은 이야기가 있습니다."

요코는 바짝 긴장했다.

'기타모토 히데키와 사귄 사람······.'

이 여자를 레이와 만나게 해서는 안 된다. 일단 그 점이 머 릿속에 떠올랐다.

"어떤 이야기죠?"

물어보는 목소리가 파르르 떨렸다.

'정신 차려. 분명 나보다 어린 여자인데.'

요코는 마음속으로 자신을 꾸짖었다.

"현관 앞에서 하기에는 조금."

"누구야?"

레이의 목소리가 들렸다. 요코는 뒤를 돌아다보았다. 여자 를 바라보더니 레이의 얼굴이 굳어졌다.

"기타모토 씨 따님인가요?"

여자가 레이에게 말을 걸었다.

"엄마, 들어오라고 해."

"레이······."

"고마워요."

노시로 루미라는 여자는 레이의 말을 듣고 바로 현관으로 들어와 구두를 벗었다. 그 모습을 보고 요코도 마음을 단단히 먹었다.

요코는 여자를 마루로 안내했다.

"레이, 너는 방에 가 있으렴."

"싫어. 나도 있을래."

"따님도 함께 들어주세요."

여자의 말을 듣고 레이가 앉았다. 어쩔 수 없이 요코도 레이의 옆에 앉았다.

"기타모토 히데키 씨가 맡긴 물건이 있습니다."

"네?"

"참, 인사가 늦었습니다. 저는 노시로 루미라고 해요."

여자가 가방에서 명함을 꺼내 요코에게 건네주었다.

펄 변호사 사무소

노시로 루미

주소를 보니 미나토 구였다.

"변호사……."

"기타모토 히데키 씨가 당신의 남편이죠."

"네."

"그리고 이쪽은 따님."

노시로 루미가 레이에게 눈길을 보냈다. 레이는 눈을 동그 랗게 뜨고 고개를 끄덕였다.

"애인인가요?"

느닷없이 레이가 물었다.

"레이."

요코는 서둘러 나무랐다.

"애인?"

노시로 루미는 웃음을 참으려는 듯 입가에 힘을 주었다.

"아니에요. 왜 그런 생각을 했나요?"

"그게, 본 적도 없는 사람이 장례식에 나타나서요."

"아버지와는 따로 살았다고 했죠? 그렇다면 두 분이 모르 는 지인이 있다고 해도 이상할 게 없을 텐데요."

"방명록에 이름을 쓰지 않은 것 같아서요."

"미안합니다."

노시로 루미는 순수하게 사과했다.

"기타모토 히데키 씨가 되도록 제 신분을 밝히지 말라고 부탁을 했거든요."

"남편이요?"

요코는 따져 물었다. 노시로 루미는 고개를 끄덕였다.

"남편과는 어떤 관계죠? 남편이 당신에게 뭔가를 의뢰했나요?"

요코는 화제를 본론으로 되돌렸다.

"네."

이상한 기분이 들었다. 오로지 연구만 했던 기타모토 히데키가 변호사에게 무엇을 의뢰했다고는 생각하기 어려웠다.

"저와 기타모토 히데키 씨는 단순한 비즈니스 관계입니다. 변호사와 고객. 그 이상도 그 이하도 아니에요."

"죄송합니다."

이번에는 레이가 사과했다.

"제가 마음대로 애인일 거라고 지껄였어요. 전부 제가 지레짐작해서 벌어진 실수에요. 엄마는 그럴 리가 없다고 했지만요."

"괜찮아요. 걱정했죠? 아버지 일로."

"아니에요."

레이는 당황스러웠다.

"이걸 전해주러 왔어요."

노시로 루미는 가방에서 두꺼운 파일을 꺼냈다. 앨범처럼 보였다. 탁자 위에 놓인 파일 표지에는 '계약서류'라고 쓰여 있었다.

"이걸 남편이?"

"그렇습니다."

요코는 안을 열었다. 서류 몇 장이 파일에 들어 있었다. 그 안에는 홋카이도 주소가 적힌 서류도 몇 장 있었다.

"땅과 관련된 서류 같은데요."

"네. 남편이신 기타모토 히데키 씨가 구입한 땅입니다."

"네?"

"아빠가 땅을 갖고 있었나요?"

믿을 수 없다. 기타모토 히데키는 땅을 살 정도의 돈을 갖고 있지 않았을 터이다.

"이 토지 권리증을 맡아달라는 의뢰를 받았습니다."

"무슨 일이죠? 보통은 땅을 사면 그 계약서는 자기가 보관하는 게 아닌가요?"

이 집의 등기권리증도 장롱 깊숙한 곳에 들어 있다.

"자세한 내용은 저도 잘 모릅니다. 하지만 중요한 땅이라서 자신이 보관하는 게 불안하다고 했어요."

점점 영문을 모르겠다.

"왜 자신이 보관하는 게 불안했을까요?"

요코는 그렇게 말하고 노시로 루미를 바라봤다. 노시로 루미도 똑바로 요코를 바라봤다.

"자세한 내용은 저도 몰라요."

"어느 정도 넓이의 땅인가요?"

레이가 물었다.

"약 1헥타르입니다."

"그렇게나."

요코는 엉겁결에 소리를 질렀다. 1헥타르는 만 제곱미터 정도다. 요컨대 한 변이 100미터인 사각형의 면적이다.

"가격은?"

"기대하게 해서 죄송하지만 가격은 그렇게 비싸지 않아요."

"딱히 기대하지는 않았어요."

레이는 말이 끝나기 무섭게 반론했다.

"어머, 미안해요."

노시로 루미가 웃었다.

"이 땅은 홋카이도에 있는데 이른바 '벌판'이에요. 넓기는 넓지만 개척이 안 된 황무지에요. 습기가 많은 초원도 있고 사람이 살기에는 대부분 적합하지 않기 때문에 아무도 사려고 하지 않는 땅이랍니다. 그래서 팔아도 헐값밖에 되지 않아요."

"예전에 벌판 상술이라는 사기 사건이 화제가 된 적이 있었잖아요."

요코가 걱정스럽다는 듯 말했다.

광대한 땅을 정말로 가치가 있는 듯 꾸며서 터무니없는 가격으로 팔아치운 사기.

"설마 남편이 벌판 상술에 걸려들었나요?"

"아마도."

노시로 루미는 고개를 끄덕였다.

요코는 기분이 침울해졌다. 만약에 벌판 상술이라는 사기에 걸려들었다면 이자가 비싸고 상환기간이 긴 대출을 받았을 게 분명하다. 앞으로 그것을 상속인인 자신이 갚아나가야 하는 걸까?

"다만……."

노시로 루미는 파일의 페이지를 넘겼다.

"사기치고는 마음에 걸리는 부분이 있어요."

파일을 넘기던 노시로 루미의 손이 멎었다.

"남편께서는 이 땅을 정상적인 가격에 구입했습니다."

"정상적인 가격……. 그렇다면 사기가 아닌가요?"

"정상적인 가격은 30만 엔 정도입니다. 이게 싼 건지 비싼 건지 잘 모르겠어요. 터무니없는 가격으로 부풀렸다면 사기지만 정상적인 가격이라면 사기가 아니죠. 속이는 쪽은 그 점을 노리고 30만 엔이라는 약간 큰돈으로 계약을 성립시켰겠죠. 그런 경우 가치도 없는데 '가치가 있다'고 속이고 매각한 혐의가 적용됩니다."

"그렇군요."

"그 부분을 확인하기 위해서라도 저는 그 땅을 기타모토 히데키 씨에게 판 공인중개사를 만날 겁니다."

요코는 고개를 끄덕이며 생각했다.

"그렇다면 제가 노시로 루미 씨에게 의뢰하는 형식이 되는 겁니까?"

"아니요."

노시로 루미는 웃음을 보였다.

"이제 와서 그만둘 수는 없어요. 기타모토 씨에게 더는 보수를 받지 않겠습니다."

"남편의 의뢰는 이미 대금 지불이 끝난 건가요?"

"걱정하지 마세요. 돈은 받았습니다."

요코는 안심했다.

"경찰은 이 사실을 알고 있나요?"

"아마도 모를 거예요. 토지 권리증은 기타모토 씨가 아니라 제가 갖고 있으니까요."

"왜 남편은 토지 권리증을 당신에게 맡겼을까요?"

"그 이유를 알기 위해서라도 부동산에 가야 합니다. 경찰에 알리는 건 그 후에 하고 싶어요. 사건과 관계가 있는지도 모르겠고요."

"엄마."

레이가 끼어들었다.

"나도 갈래. 그 부동산에."

"응?"

"그러니까 알 권리가 있잖아. 그 부동산에서 판 홋카이도의 땅은 우리가 상속받을 거니까."

노시로 루미가 고개를 끄덕거렸다.

"따님이 야무지네요. 확실히 홋카이도 땅은 사모님과 따님이 상속 받게 될 거예요. 만약에 괜찮다면 유산상속에 대한 절차를 도와드릴까요?"

야무진 사람은 노시로 루미인지도 모른다. 요코는 그렇게 생각했다.

나가타 유스케는 신주쿠 중앙공원에 찾아갔다.

최근 몇 개월 동안 도내의 노숙자를 취재하고 있었다. 그 과정에서 다소 마음에 걸리는 점이 있었다. 그건 신주쿠 중앙공원에 떼 지어 있는 노숙자들이 조금씩 줄어들고 있다는 점이다.

'왜 그럴까?'

물론 도쿄 도의 정책 가운데 하나로, 공원에서 노숙자를 죄다 몰아내려는 작전은 늘 벌어졌다. 하지만 그럴 때마다 노숙자들도 본거지를 이동하면서 끈질기게 살아남았다.

그런데…….

신주쿠 중앙공원에서 모습을 감춘 노숙자는 요요기 공원에서도 발견되지 않은 모양이었다. 자신이 찾아내지 못하는 건지도 모르고, 좀 더 먼 공원으로 옮겨갔는지도 모르지만 말이다. 그런 부분도 포함해서 오늘은 어떤 성과라도 얻고 싶다고 나가타 유스케는 생각했다.

주위를 둘러보니 반대편 벤치에 부처가 앉아서 신문을 읽고 있다. 옆에는 책이 놓여 있었다. 아마도 언젠가 부처에게 들은 적이 있는 '법전'이리라. 부처의 말을 기록한 불교의 성전.

나가타 유스케는 저절로 웃음이 났다. 부처라면 낯이 익다. 말을 붙이기 어려운 인물이지만 나쁜 사람은 아니다. 나가타 유스케는 그런 사람을 대하는 게 싫지는 않았다. 하지만 부처는 중요한 이야기라도 마음이 내키지 않으면 상대에게 알려주지 않는 비뚤어진 면도 있었다.

"부처 씨."

나가타 유스케는 부처가 앉아 있는 벤치까지 걸어가서 말을 건넸다. 부처는 신문에서 고개를 들고 나가타 유스케를 힐끗 쳐다봤다.

부처는 본명이 오사라기 시게루다. 나이는 쉰이 조금 넘었을 것이다. 전직은 모른다. 부처도 별로 이야기하고 싶지 않아 했다.

"날씨가 좋죠."

나가타 유스케는 그렇게 말하면서 부처의 옆에 앉았다. 노숙자에게 날씨는 보통 사람보다 훨씬 절실한 문제다. 비가 내리면 견디기 힘들다.

부처는 나가타 유스케에게 대답하지 않고 신문으로 눈길을 돌렸다. 부처는 종종 신문을 읽었다. 노숙자가 되기 전에는 월급쟁이가 아니었을까 하고 나가타 유스케는 짐작하고 있다.

"예수 씨는?"

예수와 부처는 사이가 좋았다. 그런 예수의 모습이 보이지 않았다.

"최근에 못 봤는데."

부처가 신문에서 눈길을 떨어뜨린 채 대답했다.

"그렇습니까? 요즘 여기도 사람이 없네요."

그렇게 말하고 나가타 유스케는 부처의 기색을 살폈다. 부처는 얼마간 신문에서 고개를 들고 무언가를 생각했다. 하지만 대답하지 않고 다시 신문으로 눈길을 돌렸다.

"신문을 자주 읽네요."

"읽지."

드디어 대답했다.

"기타모토 선생님의 장례식도 신문을 읽고 알았어."

"앗, 기타모토 선생님을 알고 있습니까?"

"당연하지."

이상할 건 없었다. 기타모토 히데키는 생전에 이 공원에 자주 찾아왔다. 그래서 나가타 유스케와도 아는 사이가 되었다. 나가타 유스케에게 기타모토 히데키는 인연이 있는 인물이었다. 나가타 유스케의 아내는 다카기 미도리라는 식물학자로 기타모토 히데키와 같은 세이조대학교 식물 연구소에서 일하고 있다. 그래서 사건이 일어난 뒤 취재를 겸해서 유족이 사는 집에 조문 목적으로 찾아갔지만 문전박대를 당하고 말았다.

"선생님은 우리에게 잘해주었어."

"식물의 이름을 알려주거나?"

"식물뿐만이 아니야. 한자도 알려줬어. 나한테 사전까지 줬는데."

"사전이라고요?"

"어어. 그래서 장례식에도 갔지."

나가타 유스케는 깜짝 놀랐다. 부처가 기타모토 히데키의 장례식에 갔으리라고는 생각조차 못했다.

"들여보내주지는 않았지만 말이야."

나가타 유스케는 측은한 마음에 고개를 까딱까딱했다.

"예수 씨가 어디에 갔는지 알아요?"

"아니. 어디에 갔을까? 다른 사람들도 다들 사라졌어. 그

121

것도 텐트를 둔 채로."

"텐트를 두고요?"

"으응. 이미 텐트는 철거됐지만."

무슨 일일까.

"당신은 어째서 사라지지 않나요?"

부처가 나가타 유스케를 노려보았다.

"여기 있어서 불만이야?"

"그게 아니고요. 다들 어디로 갔다는 게 신경 쓰여서요."

부처는 나가타 유스케의 말에 고개를 주억거렸다.

"그날 이후였어."

"네?"

"예수가 사라진 건."

"어떤 날이죠?"

"쿠로토비 씨가 모습을 보이지 않게 된 날."

나가타 유스케는 고개를 갸웃거렸다. 부처는 무슨 말을 하고 싶은 걸까?

"쿠로토비 씨는?"

"종종 왔어."

"좀 더 자세하게 알려줄래요?"

"나랑 그다지 친하지 않지만 그래도 가끔 용돈을 줄 때도 있었어."

"구청 사람인가요?"

"아니."

부처는 잠시 생각했다.

"자원봉사자인가. 건강보조식품을 무료로 나누어주고 그랬으니까."

"그 사람과 연락이 됩니까?"

"아니. 때때로 불쑥 찾아올 뿐이라서."

"그런가요."

이건 뭔가 쓸모가 있는 이야기일까? 잘 모르겠다.

"만약에 모습을 감추었던 사람들이 발견되면 연락주시겠어요?"

나가타 유스케는 전화카드와 명함을 건넸다. 어쩌면 전화카드는 돈으로 바꿀지도 모르겠지만 그래도 어쩔 수 없다.

부처가 전화카드와 명함을 바지 주머니에 넣는 걸 보고 나가타 유스케는 일어났다.

기타모토 요코, 레이, 그리고 노시로 루미, 세 사람은 기타모토 히데키에게 홋카이도 땅을 판 공인중개사가 운영하는 부동산을 향해 걸어갔다.

이미 노시로 루미 덕분에 기타모토 히데키가 남긴 재산의 전모가 밝혀졌다.

예금은 은행, 우체국 합쳐서 246만 엔.

은행 대여금고에는 주식 명세서가 한 장 들어 있었다. 소유하고 있는 주식은 폴린 제약의 것으로 액면 평가액 10만 5천 2백 엔.

부동산으로는 현재 기타모토 요코와 레이가 살고 있는 땅과 건물이 있다. 땅값은 8천 2백만 엔. 건물은 천 3백만 엔. 그밖에 노시로 루미가 토지 권리증을 맡고 있는 홋카이도 땅이 있다. 이 가격은 32만 엔.

그게 전부였다.

기타모토 히데키가 재산 때문에 살해당했다고는 생각하기 어려웠다. 은행의 현금카드와 신용카드는 도난당하지 않았다. 물론 예금도 인출되지 않았다. 부동산은 상속인이 아니면 손에 넣는 건 무리다. 현재 노시로 루미가 밝힌 유산은 손대지 않고 그대로 있다.

"노시로 씨."

레이가 노시로 루미에게 말을 걸었다.

"루비앙이라는 거 알아요?"

"루비앙? 음. 뭘까."

"아빠가 죽기 직전에 저에게 남긴 말이에요. 제 품안에서.

그래서 뭔가 중요한 말이 아닐까 생각했어요."

"두 분은 짚이는 게 없나요?"

"없어요. 여러 가지 조사했지만 모르겠어요. 꽃 이름이거나 술집 이름인 줄 알았어요. 하지만 전혀 모르겠어요. 인터넷으로 찾아봤는데도 소용없었어요."

노시로 루미는 그게 생각할 때의 버릇인지, 오른쪽 집게손가락을 턱에 갖다 댔다.

"미안하지만 저도 짚이는 게 없네요."

레이는 낙심했지만 마음을 다잡고 앞으로 걸어갔다.

"저기 아닌가요?"

레이가 앞쪽을 가리켰다. 다소 작은 편이지만 아담한 부동산이 보였다. 눈을 동그랗게 뜨고 바라보니 간판에는 '후지츠 부동산'이라고 적혀 있었다.

"저 부동산에서 정말로 가치가 없는 땅을 속여서 팔았는지도 몰라요."

노시로 루미가 간판을 바라보며 말했다.

"정말요?"

"네. 그러니까 '부실(부실不實은 후지츠라고 발음함-옮긴이) 부동산'이라고도 읽을 수 있잖아요."

레이는 노시로 루미가 무슨 말을 하는지 이해하지 못했다.

노시로 루미는 '후지츠 부동산'을 향해 곧장 걸어갔다. 유리문을 통해 안을 들여다보니 중년이나 노년으로 보이는 남자가 보였다. 몸집이 작고 안경을 쓴 남자는 책상에 앉아 서류를 살펴보고 있었다.

노시로 루미가 갑자기 문을 확 열었다.

"실례합니다."

남자는 고개를 들었다. 가늘고 긴 감 같은 윤곽의 얼굴이었다.

"어서 오세요."

서둘러 엷은 웃음을 지으며 남자는 일어났다.

"매매물건을 찾으시나요?"

"아니요."

노시로 루미는 곧바로 가방에서 명함을 꺼내 남자에게 건넸다.

"변호사군요."

남자는 명함을 보면서 말했다.

"네. 사실은 기타모토 히데키라는 사람이 여기서 홋카이도 땅을 구입했는데요, 그 점에 대해 몇 가지 묻고 싶은 게 있어서요."

"기타모토 히데키 씨……."

"기억하세요?"

"네."

"이쪽은 기타모토 히데키 씨의 부인과 따님입니다."

레이와 요코는 고개를 숙였다. 남자도 고개를 꾸벅했다.

"무슨 일입니까?"

"지금부터 그 이야기를 할게요."

남자는 고개를 갸웃거렸다.

"이쪽으로 앉으세요."

그제야 세 사람에게 소파에 앉으라고 권했다.

한가운데 유리 탁자가 있고 그 사이에 검정 가죽을 씌운 소파가 있었다. 탁자 위에는 신문, 담배, 유리로 만든 재떨이 등이 놓여있었다.

남자는 차를 내오고 소파에 앉더니 노시로 루미에게 명함을 건넸다.

후지츠 부동산
후지츠 히로시

"기타모토 히데키 씨를 아세요?"

"네. 기억하고 있어요. 손님은 한 번 만나면 대부분 기억합니다."

"기타모토 씨가 살해당했습니다."

"네에?"

후지츠 히로시는 소리를 크게 질렀다.

"정말인가요?"

"네."

"몰랐습니다. 하지만 그게 저랑 어떤 관계가 있는지 모르겠네요. 저와 기타모토 씨는 개인적인 교류가 없습니다. 공인중개사와 고객, 그 외에는 관련이 없기 때문에."

"기타모토 히데키 씨가 구입한 땅은 가치가 거의 없는 땅이라고 생각하는데요."

"그건 기타모토 히데키 씨의 가치관에 따른 겁니다."

후지츠 히로시는 탁자 위에 놓인 담배를 가까이 당겨서 한 개비 빼냈다.

"실제로 기타모토 히데키 씨는 홋카이도의 그 땅을 원한다고 결정해서 왔을 정도였으니까요."

"네?"

웬일로 노시로 루미가 당황한 듯한 목소리로 물었다.

"그러니까 땅을 사고 싶어 했던 건 기타모토 히데키 씨였다는 건가요?"

"그렇습니다."

후지츠 히로시는 담배에 불을 붙이고 입에 물었다.

"그것도 구획을 지정해서 왔습니다. 마침 그 지역 공인중개사와 제가 안면이 있었거든요. 기타모토 히데키 씨는 여기

128

살아서 제가 사무 절차를 맡기로 했던 겁니다."

"그랬군요."

노시로 루미는 뭔가 생각하듯 집게손가락을 조용히 턱에 갖다 댔다.

"기타모토 히데키 씨가 건네준 메모가 있을 겁니다."

그렇게 말하고 후지츠 히로시는 일어나 서랍을 부스럭부스럭 뒤지기 시작했다.

"있습니다. 이거예요."

후지츠 히로시가 노시로 루미에게 리포트 용지 한 장을 건넸다. 노시로 루미는 한 차례 읽고 그걸 요코에게 건넸다. 리포트 용지에는 땅의 주소와 면적 등이 적혀 있고 또 '구입 희망 기타모토 히데키'라고 적혀 있었다.

"틀림없이 남편 글씨예요."

기타모토 히데키가 스스로 땅의 구입을 희망한 건 분명한 듯했다.

"이 땅은 어떤 땅인가요?"

"벌판입니다."

즉시 후지츠 히로시가 대답했다.

"아무것도 없어요. 확실히 여러분이 의심스럽게 생각하는 것도 무리가 아닙니다. 저 자신도 왜 기타모토 히데키 씨가 이런 땅을 사고 싶어 했는지 모르니까요."

"남편은 아무 말도 안 하던가요?"

요코가 물었다.

"연구용이라고 말했습니다."

터무니없는 이야기는 아니었다. 벌판이라면 잡초가 무성할 터이다.

"가보고 싶어요."

레이가 말했다.

"그 땅, 보고 싶어요."

"그래요."

바로 노시로 루미가 찬성했다.

"레이 양 아버지가 무엇 때문에 그 땅을 샀는지 직접 눈으로 확인할 필요가 있겠죠."

노시로 루미는 후지츠 히로시의 명함을 가방 안에 넣고 일어났다.

〃

진 마사유키가 연구실에 들어가려는 순간 안에서 인기척이 들렸다.

'이상하네.'

오늘 진 마사유키는 할 일이 잔뜩 쌓여서 한 시간 일찍 왔다. 수상하다고 여기며 문손잡이에 손을 댔다. 하지만 잠겨 있다. 보통 연구실에 들어간 후 안에서 문을 잠그는 일은 없다. 진 마사유키는 점점 더 의혹에 휩싸여서 열쇠를 꺼내 문을 열었다.

안에는 니시가타 사토미가 있었다.

니시가타 사토미는 웃는 얼굴로 진 마사유키를 맞았다. 하지만 그 웃음이 어딘가 부자연스럽다고 진 마사유키는 생각했다.

"빨리 왔네."

"네에? 알아보고 싶은 게 있어서요."

"알아보고 싶은 게 있다니, 뭔데?"

진 마사유키는 의심이 얼굴에 드러나지 않도록 신경 쓰며 물었다.

"개망초와 봄망초의 교배종 자료 때문에요."

분류학은 직감에 의지하는 부분이 강한 학문이다. 임의의 두 가지 식물의 차이는 아는 사람은 보기만 해도 안다. 하지만 이런 기초적인 부분에 소홀한 학자 역시 많다. 한 식물학자가 대학교 내에서 자라고 있는 쑥이랑 돼지풀을 채취해서 두 가지를 구분할 수 있는지 없는지 식물학자를 도와주는 교사에게 시험해본 적이 있다. 쑥은 줄기에 잎이 '어긋나기', 즉 마디 하나에 잎이 한 장씩 잎의 긴지름 방향으로 나선 상으로 늘어서 있다. 돼지풀은 잎이 '마주나기', 즉 마디 하나에 잎이 두 장씩 마주 붙어 난다. 따라서 쑥과 돼지풀의 차이는 한눈에 봐도 확연히 알 수 있다. 하지만 시험을 당한 교사는 쑥과 돼지풀을 손에 쥐고 꼼꼼히 살펴보고도 차이를 전혀 알아차리지 못했다.

"그런 거라면 별로 서두르지 않아도 될 텐데."

"네. 하지만 기타모토 선생님도 안 계시고 초조해서요."

"초조해봤자 소용없어. 하던 대로 하자고."

"네."

진 마사유키는 웃음을 되찾았다.

"경찰에게 뭔가 말하고 왔어요?"

니시가타 사토미가 진 마사유키에게 물었다.

"아니."

"그렇군요. 어서 범인이 잡혀야지 무섭네요."

"그래. 범인도 동기도 모르겠어. 만약 동기가 이 연구소와 관련되어 있다면 우리 역시 노릴지도 몰라."

"그만둬요."

"농담이 아냐. 선생님은 개인적인 원한을 살 만한 사람이 아냐. 여자관계도 포함해서."

"네."

"돈을 노린 범행도 아냐."

"기타모토 선생님은 주식을 했잖아요."

"미미한 수준이야. 선물에 손을 댄 흔적도 없어."

선물이란 선물거래의 약칭으로 장래의 일정 시기에 주고받는 조건으로 주식이나 상품의 매매계약을 하는 것이다. 이 방법이라면 갖고 있는 현금이 적더라도 많은 금액을 거래할 수 있으므로 적은 밑천으로 거액의 이익을 얻을 수 있다. 반대로 거액의 빚을 지는 일도 있기 때문에 문외한이 손을 대기에는 위험한 거래 방식이다.

"동기가 완전히 수수께끼야. 동기를 전혀 모르니까 나도 불안해."

"이해가 가요."

"니시가타 씨는 짐작 가는 데 없어?"

니시가타 사토미는 잠시 선 채로 생각했다.

"경찰도 여러 가지 물어봐서 줄곧 생각했지만 별로 떠오르는 게 없어요."

"그렇군."

"하지만……."

니시가타 사토미는 장소를 옮겨서 의자에 앉았다.

"관계없을지도 모르지만 기타모토 선생님이 최근 1년 동안 혼자서 행동하는 일이 많았다는 기분이 들지 않나요?"

니시가타 사토미의 질문에 진 마사유키도 최근 1년 동안의 기타모토 선생님의 행동을 떠올렸다.

"듣고 보니 그런 기분이 드네."

"그렇죠? 전에는 늘 셋이서 함께 행동하는 게 기본이었잖아요."

"어어."

"그런데 최근 1년 동안 기타모토 선생님은 홀연히 모습을 감추거나 단독 행동이 많아졌어요."

"하지만 그건 딱히 수상한 건 아니라는 생각이 드는데."

"저도 지금까지는 그렇게 생각했어요. 하지만 이번 사건이 일어난 뒤에 새삼 돌이켜보니까 그래요."

진 마사유키는 니시가타 사토미의 말을 곰곰이 생각했다.

"선생님은 우리가 모르는 뭔가를 독자적으로 연구하고 있었는지도 몰라."

"그게 뭘까요?"

"몰라. 하지만 이 연구실에서 하지는 않았어."

"그렇겠죠. 만약에 그랬다면 우리가 알았을 테니까요."

"선생님은 자택에서 연구했어."

"하지만 사건과 관련이 있는 내용이었다면 훨씬 전에 경찰이 알아차렸겠죠."

"그건 모르겠어."

"네?"

"선생님은 학자야. 자택에 연구 자료가 아무리 많이 있어도 이상할 게 없어. 그냥 보고 넘어갔겠지. 하지만 우리가 보면 뭔가 다른 게 보일지도 몰라."

"그럴까요. 우리가 전혀 관여하지 않은 자료가 나온다면 그건 선생님이 독자적으로 연구한 내용이겠군요."

"그렇지만 기타모토 선생님의 맨션은 이미 싹 정리됐어."

"유품은 사모님 댁으로 옮겼겠네요."

"조사해볼 가치는 있어 보이는군."

니시가타 사토미는 천천히 고개를 끄덕였다.

노시로 루미는 도요타 랜드크루져의 운전대를 잡고 홋카이도의 고속도로를 전속력으로 달렸다.

조수석에는 기타모토 요코, 뒷좌석에는 레이가 탔다. 비행기로 지토세 공항까지 가서 그곳에서 렌트카를 빌렸다. 도오 자동차 도로, 비바이 인터체인지에서 국도로 접어들었다. 벌써 그럭저럭 3시간을 달렸다. 카스테레오에서는 조지 윈스턴의 피아노곡이 흘러나왔다.

"앞으로 얼마나 걸릴까요?"

레이가 물었다.

"이제 다 왔어."

노시로 루미는 네비게이션에 힐끗 눈길을 주고 대답했다. 히데키가 구입한 땅은 비바이 시 교외에서도 한참이나 떨어져 있었다. 일찌감치 시가지를 빠져나갔지만 온통 논뿐인 경치가 펼쳐지고 나서도 상당한 시간이 흘렀다.

"스포츠센터에서 땀을 흘리는 시간도 좋지만 텅 빈 도로를 자동차로 달리는 시간도 좋아해요."

노시로 루미가 말했다.

"사랑하는 사람과 함께라면 좀 더 좋았겠지만요."

노시로 루미가 왜 그런 말을 하는지 레이는 알지 못했다.

"어쩌면 기타모토 히데키 씨는 그곳에 남몰래 연구실이라도 만들었는지도 모르겠어요."

노시로 루미가 중얼거리듯 말했다. 논도 사라지고 사람의 움직임도 보이지 않았다. 네비게이션의 음성 안내도 멈췄다. 아무래도 네비게이션에 등록되어 있지 않는 지역인 모양이다.

"슬슬 다 와가죠."

레이는 지도를 확인했다.

"이 근처라고 생각해요."

레이가 말하자 노시로 루미는 자동차의 속도를 늦췄다. 도로는 흙길로 바뀌고 주위에는 나무가 울창했다. 숲속을 천천히 달렸다. 느닷없이 시야가 확 트였다. 나무들이 보이지 않고 초원이 나타났다. 둘러보니 그저 벌판뿐이었다.

"여기군요."

노시로 루미는 자동차를 멈췄다. 세 사람은 차에서 내렸다. 흙길에 둘러싸인 지역을 바라보았다.

"벌판이네."

아무 건물도 보이지 않았다. 그저 초원이 펼쳐져 있을 뿐이다. 그것도 다듬어진 초원이 아니다. 다양한 잡초가 그저 무성하게 있을 뿐이다. 봄망초, 개망초, 큰개불알풀, 제비꽃, 민들레, 개밀, 벼룩나물, 새포아풀, 큰이삭풀, 괭이밥…….

대충 둘러보기만 해도 헤아릴 수 없을 정도의 잡초가 꽃을 피우고 잎을 펼치고 있었다.

"예쁘다……."

레이가 중얼거렸다.

"응?"

"들풀 말이야. 이곳은 들풀의 보고야."

레이의 눈이 반짝이기 시작했다.

"이런 땅을 발견했다면 나 역시 샀을 거야."

"레이……."

요코가 신기하다는 듯 레이의 옆얼굴을 바라봤다.

"결국 기타모토 히데키 씨도 이런 들풀 군락을 원했는지도 모르겠네요."

노시로 루미의 말에 요코는 고개를 끄덕였다.

레이는 벌판 안으로 발을 들여놓았다. 군생하는 들풀은 레이를 유쾌하게 맞아주었다. 각각의 종마다 한데 모여서 자라고 있었다. 봄망초는 봄망초, 민들레는 민들레, 하는 식으로.

레이는 허리를 굽히고 키 작은 풀을 가까이서 바라봤다. 자세히 보니 들풀의 밑동에는 각각의 종마다 풀 이름을 적어 놓은 자그마한 플라스틱 푯말이 꽂혀 있었다. 개밀과 새포아풀……. 제비꽃에는 '하얀 제비꽃', 민들레에는 '홋카이도 민들레'라는 식으로 정확한 이름을 써 놓았다.

"갈까요?"

노시로 루미의 목소리를 듣고 레이가 일어났다.

"아무것도 없네요."

노시로 루미가 말했다.

"하지만 그 사람이 남긴 것 가운데 가장 좋은 건지도 모르겠어요."

그렇게 말하고 레이는 랜드크루져를 향해 걷기 시작했다.

도쿄 내의 고급 호텔 객실에서 두 사람이 무릎을 맞대고 앉아 있었다.

"찾았어?"

물은 사람은 고다마 쿄우지다. 폴린 제약의 대표이사.

"아직입니다."

대답한 사람은 쿠로토비 에이토. '타네리회'라는 폭력단의
일원이다.

"하지만 코스모 은행 직원을 가장해서 기타모토의 집에
갔습니다. 집의 위치와 크기, 부인의 얼굴을 확인했기 때문에
나름대로 수확은 있었습니다. 앞으로가 중요합니다."

"마음 놓아도 될 상황인가?"

고다마가 혀를 끌끌 찼다.

"기타모토 히데키가 이 세상에서 사라진 건 잘됐지만, 기
록이 발견되지 않는 한 위험은 계속되는 거라고."

"반드시 찾아내겠습니다."

기타모토 요코에게 건네준 명함에는 한 번 쓰고 버릴 휴대
전화의 번호를 써 두었다. 바로 전화를 걸어오면 나름대로 대
처를 할 예정이었지만 질질 끌면 가짜 은행원이라는 게 노출
될 확률이 높아지기에 휴대전화는 버렸다.

"수단과 방법을 가리지 말고."

"알고 있습니다. 상황에 따라서는 관련된 사람을 모두 제
거해도 되니까요."

쿠로토비 에이토는 오히려 그런 상황을 바라는지 빙그레
웃었다.

"빼돌릴 수 없었을 텐데."

고다마가 고개를 위쪽으로 치켜들고 한탄했다.

"너무 얕봤던 거 같습니다. 기타모토라는 남자를."

"이미 죽었어. 이제 마지막 마무리만 남았어."

그렇게 말하고 고다마는 쿠로토비 에이토에게 '나가'라고
손짓했다.

레이와 요코는 홋카이도에서 돌아왔다.

"역시 집이 편해."

그렇게 요코에게 말하면서 레이는 가방에서 열쇠를 꺼냈
다. 대문 열쇠 구멍에 열쇠를 들이밀었다.

"앗!"

"왜 그래?"

"열려 있어."

"정말?"

무슨 일일까.

"안 잠그고 홋카이도에 갔나?"

"틀림없이 잠갔어."

"이상하네."

두 사람은 빠른 걸음으로 대문을 빠져나가 현관문에 손을 갖다 댔다. 현관문도 열려 있었다. 두 사람은 얼굴을 마주보았다. 현관에 들어가자 낯선 구두가 눈에 들어왔다.

"엄마."

레이가 구두를 가리켰다.

"누구세요?"

요코가 집 안쪽에 대고 물었다. 자신의 집인데 다른 사람의 집처럼 냉랭한 공기가 흘렀다.

레이는 신발을 벗고 뛰다시피 집안으로 들어갔다.

"레이!"

요코가 말리는 것도 듣지 않고 레이는 안쪽을 향해 돌진했다. 자신의 방문을 열었지만 아무도 없었다.

"레이, 돌아와!"

요코가 뒤쫓아 왔다. 하지만 레이는 아랑곳하지 않고 요코의 침실 문을 열어젖혔다.

사람이 있었다. 창문으로 막 도망치려고 했다. 레이는 숨을 죽였다. 심장이 멎을 것처럼 소스라치게 놀랐다. 하지만 가까스로 용기를 내서 소리쳤다.

"누구야!"

침입자가 뒤를 돌아다보았다. 그 얼굴도 창백했다.

"당신은……."

요코의 침실에 있던 사람은 니시가타 사토미였다.

12

혼고 경찰서에서 아침 수사회의가 열렸다.

"그 후에 진전은 있나?"

본부장의 질문에 이와마가 일어섰다.

"용의자는 아직 좁히지 못했습니다."

"도대체 시간이 얼마나 걸리는 거야!"

본부장이 노여움 가득한 목소리로 질책했다.

"죄송합니다. 아무튼 범행은 면식범의 소행이라고 단정해
도 좋을 듯합니다."

"그 근거는?"

"무엇보다 일단 피해자가 순순히 문을 열어주었다는 점 때
문입니다."

"택배가 왔다고 속이면 낯선 사람이라도 문을 열어줄 수
는 있지 않나?"

"네. 하지만 피해자가 상당히 조심성 많은 성격이고 웬만

해서는 낯선 사람에게 문을 열어주는 일이 없었다고 합니다. 반드시 체인을 걸고 기색을 살폈던 모양입니다. 이 점은 관련된 사람, 즉 직장 동료나 이웃, 가족, 친척 등의 공통된 의견이었습니다."

"흐음."

"더구나 집안에서 싸운 흔적이 안 보입니다. 아는 사람이 자연스럽게 다가가서 빈틈을 노려 범행을 저질렀다는 냄새가 풍깁니다. 또 돈을 훔쳐가지 않았다는 점도 그렇습니다. 동기에 뭔가 특별한 의미, 즉 안면이 있는 사이에서만 벌어질 수 있는 사건이라고 짐작하게 합니다."

"그 특별한 의미가 뭐지?"

"그건……."

"확실히 안면이 있는 사람이 범행을 저질렀다는 건 나름 근거가 있는 듯하군. 하지만 동기를 모른다는 건."

"동기 따위 아무래도 좋아."

이와마의 옆에 앉은 상태에서 오오타 구로가 끼어들었다.

"오오타 구로 씨."

이와마가 작은 목소리로 나무라듯 이름을 불렀다.

"오오타 구로 군. 자네는 아직도 피해자의 딸을 의심하고 있나?"

오오타 구로는 대답하지 않았다.

"이해가 안 되는 건 아니지만 선입관에 따른 수사는 금물이야. 딸이 오래전부터 피해자와 따로 살고 있었다는 점을 생각하면 살해 동기가 있다고 보긴 어렵다고 생각되는데."

"물렁하네."

오오타 구로는 혼잣말을 하듯 내뱉었다. 하지만 그 목소리는 또렷이 본부장의 귀에도 가닿았다.

"피해자는 오로지 연구만 하던 사람이었어. 직장에서 원한을 산 적도 없는 것 같고. 돈 문제도 없어. 여자 문제도 없고. 그리고 도둑이 들었을 가능성도 낮다면 남은 건 부모 자식 사이의 애증이지. 실제로 자식이 부모를 살해한 사건은 10년 전에 비해 두 배쯤으로 늘어났단 말이야."

오오타 구로의 말에 아무도 반론하는 사람이 없었다.

레이와 니시가타 사토미는 둘 다 꼼짝 않고 서 있었다.

"뭐하는 거예요?"

레이의 등 뒤에서 요코가 책망하며 따져 물었다.

"죄송합니다."

니시가타 사토미는 허둥거리며 간신히 대답했다.

"용건이 있어서 찾아왔는데 문이 열려 있었어요."

"문이 열려 있었다고요?"

요코의 말에 니시가타 사토미는 울다가 웃는 듯한 표정으로 쉴 새 없이 고개를 까딱거렸다.

"그럴 리가 없어요. 문은 확실히 잠갔어요. 그치 엄마?"

"어어."

요코가 레이의 앞으로 나가며 말했다.

"이야기를 해봐요."

요코가 마루 쪽으로 걸어갔다. 니시가타 사토미는 힘없이 고개를 푹 숙이고 따라갔다.

탁자에 앉자 니시가타 사토미는 다시 한 번 "정말로 죄송합니다" 하고 사과했다.

"만약에 불법침입이라면 사과로 끝날 문제가 아니에요."

"맞아. 경찰에 신고해야 해."

"잠깐만 기다려."

레이의 말에 니시가타 사토미는 곧바로 반응을 보였다.

"정말로 다른 뜻은 없었어. 문이 열려 있어서 안에 있을 거라고 생각하고 현관으로 들어갔어."

"문은 잠그고 나갔어요."

"하지만 열려 있었다고요."

니시가타 사토미가 거짓말을 하고 있는 걸까, 진실을 말하는 걸까, 판단이 서지 않았다.

"뭐 하러 왔어요?"

"연구 자료를 찾으러 왔습니다. 진 마사유키 씨도 여기 올 거예요."

"네?"

"만나기로 했어요. 기타모토 씨 집 앞에서. 둘이서 방문하기로 했어요."

"그렇다면 진 마사유키 씨는?"

"이제 곧 올 거예요."

"만나기로 한 게 몇 신데요?"

"2시예요."

요코가 벽시계에 눈길을 주었다.

"아직 30분이나 남았네요. 더구나 그쪽은 이미 이 집 안에 들어와 시간을 보냈으니까 약속 시간보다 1시간은 빨리 온 게 아닌가요?"

"그건……. 생각보다 빨리 도착했어요."

레이와 요코는 얼굴을 마주봤다.

"진 마사유키 씨를 기다릴까요?"

"집에 연구 자료 같은 건 없어요."

레이가 말했다.

"그럴지도 몰라. 하지만 연구실에도 기타모토 선생님 맨션에도 경찰이 철저히 조사했잖아. 그런데도 아무것도 찾아내지 못했다면 어쩌면 여기 있을 거라고 생각하고."

"뭐가 있다는 건가요?"

"그건……."

레이는 니시가타 사토미를 뚫어져라 바라봤다. 니시가타 사토미의 표정에서 뭔가가 느껴졌다. 기타모토 히데키에 대한 뭔가를 감추고 있다. 그런 표정으로 보였다.

'도대체 무엇을 감추는 걸까?'

벨이 울렸다. 요코가 일어서서 인터폰 수화기를 들었다. 한두 마디 나누고 수화기를 내려놓았다.

"진 마사유키 씨예요."

니시가타 사토미가 침을 꿀꺽 삼켰다. 요코가 진 마사유키를 마루로 데려왔다.

"엇, 니시가타 씨 빨리 왔네."

요코는 지금까지의 경위를 요점만 진 마사유키에게 설명했다.

"그랬군요. 니시가타 씨가 마음이 급했나 보네요. 용서하세요."

진 마사유키는 웃는 얼굴로 고개를 숙였다. 하지만 그 웃음은 어딘가 경직되어 보였다.

"마음이 급해서, 당신들은 무엇을 찾으러 왔나요?"

"사실은 언젠가부터 기타모토 선생님의 행동이 이상해서

신경을 쓰고 있었습니다."

진 마사유키는 기타모토 히데키가 살해당하기 1년 전부터 단독 행동이 많아졌다는 점과 뭔가를 두려워하던 기색을 보였던 걸 설명했다.

"전부터 공원에 혼자서 간 적은 있었습니다. 그곳에서 노숙자들과 친해지기도 했고."

"노숙자……."

"하지만 최근에 특히 단독 행동이 많았습니다. 그건 확실히 이상해요."

니시가타 사토미가 고개를 끄덕였다.

"그래서 늘 함께 연구를 했던 저희가 선생님이 남긴 자료를 보면 선생님이 실제로 어떤 일을 했는지 알 수 있지 않을까 생각했습니다."

"그랬군요."

요코는 드디어 고개를 끄덕였다. 하지만 그건 진 마사유키의 말에 대한 반응이었고, 아직 니시가타 사토미에 대한 경계를 푼 건 아니었다.

"하지만 집에는 아무것도 없어요. 그치, 엄마."

레이의 말에 요코는 대답하지 않았다.

"엄마?"

"연구용 자료라면 하나 맡아둔 게 있어."

"뭐라고?"

레이가 소리쳤다.

"언제 맡겼는데?"

"반 년 전쯤인가. 우편으로 보내왔어."

"어떤 자료인가요?"

진 마사유키가 몸을 쑥 내밀었다.

"갖고 올게요."

요코는 자리에서 일어났다. 레이와 니시가타 사토미 사이의 어색한 분위기를 감지했는지 진 마사유키는 애써 웃음을 지어보였다.

"기타모토 선생님은 역시 부인을 신뢰하고 있었어. 조금 억울하지만. 함께 일하는 우리보다도 따로 살고 있는 부인에게 연구 자료를 건네줬다니."

진 마사유키는 웃는 얼굴로 머리를 긁었다. 이윽고 요코가 돌아왔다.

"이거예요."

손에 종이봉투를 들고 있었다. 종이봉투 안에서 서류를 꺼내 탁자 위에 올려놓았다.

"반년도 더 지난 일이어서 지금까지 생각 못했답니다. 사건과는 관계없는 거 같아서요."

"보여주세요."

진 마사유키가 서류를 손에 들었다. 그걸 니시가타 사토미가 들여다봤다.

"이건……."

"뭔데요?"

진 마사유키는 니시가타 사토미의 얼굴을 힐끗 보고 나서 서류를 니시가타 사토미에게 건넸다. 자신은 다른 서류를 손에 들었다.

"큰개불알풀의 성분에 대한 자료네요."

"큰개불알풀이요?"

레이가 묻자 진 마사유키는 고개를 끄덕였다.

"그건 연구실에서 다루는 분야인가요?"

"아니. 다루지 않는 분야야."

진 마사유키의 대답을 듣고 레이와 요코는 서로 얼굴을 마주봤다.

"이쪽은……."

니시가타 사토미는 다른 서류를 살피며 말했다.

"건강보조식품에 대한 자료예요."

진 마사유키는 니시가타 사토미가 들고 있는 서류를 들여다봤다.

"노인 치매에 효과가 있는 건강보조식품인가?"

니시가타 사토미는 봉투 안을 살피다 건강보조식품도 발

견할 수 있었다. '은행잎 플러스'라는 제품이었다.

"어느 약국에서나 파는 평범한 건강보조식품 같은데요."

"왜 기타모토 선생님은 이런 자료를 갖고 있었을까?"

"연구소에서는 다루지 않는 분야라고요?"

"물론입니다."

진 마사유키는 니시가타 사토미에게 건강보조식품을 건네받았다.

"성분표에 큰개불알풀이 들어 있어."

"네?"

"기타모토 선생님은 무엇을 찾고 있었을까? 이 건강보조식품과 큰개불알풀의 관계에 대해."

"그건 뭔가요?"

"몰라. 이 건강보조식품에는 큰개불알풀에서 추출한 성분이 포함되어 있는 것 같아. 새삼스레 그 연구를 해봤자 소용없는 일 아닌가."

"그래요. 제조업체서 이미 그 연구를 충분히 하고 있으니까요."

"제조업체는 어디야?"

진 마사유키가 묻자 니시가타 사토미가 봉투의 표기를 확인했다.

"폴린 제약이에요."

요코와 레이는 얼굴을 마주봤다.

"그 사람이 갖고 있던 주식의 회사야."

"어떻게 된 거예요?"

"기타모토 선생님은 폴린 제약과 '은행잎 플러스' 그리고 큰개불알풀에 대해 조사하고 있었어."

"다른 건 뭐 없어요?"

요코가 물었다.

"아니요. 큰개불알풀과 폴린 제약. 그리고 '은행잎 플러스'. 서류는 모두 이 세 가지에 대한 것뿐입니다."

그 세 가지에 대해 도대체 무엇을 조사했던 걸까?

"저희도 조사해보겠습니다. 사모님은 모쪼록 위험한 행동은 하지 말아주세요."

"걱정하지 마세요."

레이가 대답했다. 하지만 마음속으로는 무슨 수를 쓰더라도 꼭 진상을 밝혀내겠다고 굳게 다짐했다.

부처는 보금자리를 바꾸기로 했다.

'안 좋은 예감이 들어.'

근거는 없다. 하지만 나쁜 예감은 대부분 맞았다.

'친구들도 사라졌고.'

신주쿠 중앙공원에 떼를 지어 지내던 노숙자의 숫자가 최근 몇 개월 동안 확실히 줄어들기 시작했다.

'예수도 사라졌어.'

부처는 손에 든 성서의 표지를 바라보았다. 예수가 맡긴 물건이다. 『신약성서』다.

'왜 예수는 이 성서를 나에게 줬을까?'

부처는 성서를 펼치고 팔랑팔랑 넘겼다.

–마태복음.

조금 때가 탄 페이지 속에 글자가 적힌 하얀 종이가 끼워져 있었다. 부처는 그 종이를 집어 올렸다.

–큰개불알풀의 새로운 이름 = 루비앙

부처는 그 글자를 물끄러미 바라보았다.

'뭐야, 이건.'

바람이 불어 종이가 날아갔다.

"앗!"

탄식을 하는 순간 이미 종이는 높이 날아올라 부처의 손이 가닿지 않는 곳으로 가버렸다.

'뭐, 괜찮겠지.'

부처는 성서를 덮고 아무렇게나 들고 걷기 시작했다.

13

수업 종료를 알리는 벨이 울렸다.

이노하나 키요시는 아쉬운 듯 교과서를 덮었다.

"다음 수업까지 원소기호를 전부 외워오도록."

반 아이들이 한꺼번에 "우우~" 하고 야유를 보냈다.

"시험에 나올 거야."

그 말을 일방적으로 내뱉고 이노하나 키요시는 교실에서 나갔다.

하루 수업이 모두 끝난 뒤 레이가 교실을 나서는데 아야와 케이이치가 기다리고 있었다.

"오늘, 특별활동 하는 날이야?"

어리둥절한 얼굴로 레이가 물었다.

"아니, 그렇지는 않은데 어쩐지 한가해서."

"아아, 그러고 보니 한가하잖아."

아야도 케이이치의 말에 맞장구를 쳤다.

"뭐하는 거야?"

"한가하니까 노래방에 갈래?"

"아아, 한가하니까 가도 괜찮겠지."

아야가 대답했다.

어쩐지 부자연스럽다. 아마도 요즘 우울해 하는 레이에게

154

기운을 북돋아주려고 아야랑 케이이치가 짜고 레이를 노래
방에 데려가려는 게 아닐까.

"자, 그런 이유로."

아야가 말하자 레이도 엉겁결에 웃으면서 고개를 끄덕였다.

세 사람이 전에 갔던 적이 있는 시부야의 싸구려 노래방에
가서 레이는 오랜만에 우울한 기분을 털어버렸다.

케이이치는 레미오로멘, 포르노 그라티피, 유즈의 노래를,
아야는 아이코, 유이의 노래를, 레이는 기타데 나나의 노래
를 불렀다.

눈 깜짝할 사이에 두 시간이 지나가고 세 사람은 마이크를
내려놓았다.

"아~ 오늘 즐거웠어. 두 사람 다, 오자고 해서 고마워."

"때로는 기분 전환도 필요해."

레이는 고개를 끄덕였다.

"사건은 조금 진전이 있어?"

레이는 사건의 중간 경위를 두 사람에게 보고하려고 아버
지가 큰개불알풀, 폴린 제약, '은행잎 플러스'를 조사했던 일
을 이야기했다.

"흐음. 뭘까?"

"어쩌면 신약의 이름인지도 모르겠어."

"어?"

"저기. 레이, 네가 전에 말했잖아. 아버지가 죽기 직전에 루비앙이라는 말을 남겼다고."

"응."

"그 말의 의미. 어쩌면 신약의 이름이 아닐까?"

"그런가?"

평소에 그다지 예리함이 느껴지지 않는 케이이치지만 이 의견은 상당히 날카롭다고 레이는 생각했다.

"그럴 수도 있겠다. 레이의 아버지는 폴린 제약을 조사한 거야. 그것도 비밀로."

"무엇을 조사했을까?"

"큰개불알풀과 관련이 있겠지."

"요컨대 큰개불알풀의 성분으로 만든 신약이란 걸까?"

아야의 말에 레이는 눈을 동그랗게 떴다.

"아니겠지."

아야가 자조적인 웃음을 지었다.

"으음. 맞을지도 몰라."

"어?"

"맞을 거야, 아마도. 그것밖에 생각할 수 없어."

레이가 눈을 반짝였다.

"정말?"

"잘 모르겠지만 아마도 그럴 거라고 생각해."

"우리, 예리하지?"

레이가 고개를 끄덕였다.

"'은행잎 플러스'는 치매 치료에 효과가 있는 건강보조식품이야."

"치매?"

"응. 정확히 치매라고 적혀 있지는 않지만 고령자의 뇌를 활발하게 하는 효능이 있대. 그리고 말이지. '은행잎 플러스'에는 큰개불알풀의 성분이 들어 있어."

아야와 케이이치는 얼굴을 마주보았다.

주인이 사라진 연구실에서 진 마사유키와 니시가타 사토미, 두 사람은 변함없이 연구를 계속했다.

"어떻게 될까요, 이 연구실은."

니시가타 사토미가 현미경을 들여다보며 말했다.

"주임 교수가 없는 상태인데요."

"하지만 해야 할 건 알아. 간단한 거야. 애기장대는 재배도 쉬우니까. 조명도 형광등이면 되고 비료도 시판하는 것으로 충분해."

"남은 건 끈기뿐이군요."

니시가타 사토미가 현미경에서 고개를 들었다.

"니시가타 씨."

진 마사유키는 웃음을 머금은 얼굴로 불렀다.

"지난번에 말인데."

"뭐요?"

"아주 일찍 갔잖아."

"기타모토 선생님 댁에 갔을 때 말인가요?"

"그래. 2시에 만나기로 했는데 1시쯤에 가지 않았어?"

"빨리 도착했어요. 전철 시간을 착각했거든요. 저는 원래 약속 시간보다 일찍 도착하는 타입이에요."

"그랬군."

진 마사유키는 웃으면서 고개를 주억거렸다.

"하지만 아무도 없는 집안으로 들어간 건 왜지?"

"죄송합니다."

"나한테 사과할 필요는 없어."

"저, 조급하죠? 한시라도 빨리 찾아보고 싶었어요."

"마음은 알지만."

"그런데 이상해요."

"어?"

"문이 열렸던 거요."

니시가타 사토미의 얼굴이 약간 굳어졌다.

"사모님은 틀림없이 잠갔다고 하고요."

"도둑이라도 들었던 걸까?"

진 마사유키는 이 분위기를 어물어물 넘기려고 묘한 웃음을 지으며 말했다.

"그럴지도 모르겠네요."

"음, 농담이 아니라 정말 그럴지도 몰라. 어쨌든 기타모토 선생님은 살해당했잖아."

"범인도 아직 안 잡혔고요."

진 마사유키가 침을 꿀꺽 삼켰다. 내심 공포와 싸우고 있는지도 모른다.

"다시 한 번 진지하게 생각해보자고. 짐작 가는 범인이 있는지. 이대로 있다가는 우리 역시 안심하고 잠을 잘 수 없으니까."

"생각하고 있어요. 줄곧 생각해요."

니시가타 사토미는 눈을 감았다. 새삼 깊이 생각해보려는 것 같았다.

"그래요. 이대로라면 불안해서 도저히 연구에 몰두할 수 없고요."

진 마사유키는 저절로 고개를 끄덕였다.

"내 생각에는 폴린 제약에 초점을 맞추면 어떨까 하는데."

"잠깐만요."

니시가타 사토미가 진 마사유키를 제지했다.

"그런데 말이죠."

"어?"

"기타모토 선생님이 직접 폴린 제약에 대해 말하는 걸 들은 적이 있어요."

"언제?"

"저기, 음."

니시가타 사토미는 눈을 감았다.

"생각이 날 거 같아요."

"꼭 기억해봐."

"그러니까 그때……."

니시가타 사토미가 중얼거렸다.

"폴린 제약…… 폴린 제약."

진 마사유키는 잠자코 눈을 감고 있는 니시가타 사토미를 응시했다. 갑자기 니시가타 사토미가 눈을 번쩍 떴다.

"어쩌면."

니시가타 사토미는 눈을 동그랗게 떴다.

"진 마사유키 씨. 고마워요. 진 마사유키 씨가 다시 폴린 제약이라는 말을 한 덕분에 생각이 났어요."

"정말로?"

니시가타 사토미는 고개를 끄덕였다.

"알려줘."

"기타모토 선생님의 학창시절 친구 이야기."

"학창시절?"

"네. 같은 연구를 했다고 해요."

"어떤 연구?"

"그건 잘 모르겠는데 그 친구가 폴린 제약에 취직했다고
해요."

"그 친구 이름은?"

"틀림없이, 맞아, 우치노라고 했어요."

"우치노……."

"전에 레이 양과 대하드라마 이야기를 했을 때 뭔가 마음
에 걸리는 게 있었는데 이거였나 봐요."

"무슨 이야기야?"

"아니요. 별 이야기 아니에요."

"그러니까 기타모토 선생님이 그 이야기를 한 게 언젠데?"

"분명 사건이 일어나기 두세 달 전이에요."

"사건과 관련이 있을까?"

"어떤지 모르겠어요. 하지만 그 아이에게 알려줘야 할 것
같아요."

니시가타 사토미는 휴대전화를 꺼냈다.

"레이 양?"

진 마사유키의 물음에 니시가타 사토미는 휴대전화를 귀에 갖다 대면서 고개를 끄덕였다.

14

모니터에 기타모토 레이의 모습이 비쳤다.

레이는 주먹을 쥐어 무릎 위에 올려놓고 꽉 힘을 줬다. 그 모습을 고다마 쿄우지가 물끄러미 바라봤다.

이곳은 폴린 제약 사장실이다. 레이가 회사에 찾아왔다는 사실을 경비원이 사장인 고다마 쿄우지에게 전했다.

기타모토 레이는 폴린 제약의 연구원, 우치노 타츠오를 만나러 왔다. 시간 여유가 있던 우치노 타츠오는 그 요청을 들어주었다. 하지만 사내 규정에 따라 면회자의 이름은 사장에게 전달된다. 그리고 면회 모습이 몰래 촬영된다. 고다마는 모니터로 두 사람의 모습을 지켜보고 있었다.

기타모토 레이는 정면에 앉은 우치노 타츠오의 얼굴을 쏘아보듯 바라봤다. 모니터에서 그 영상과 함께 음성도 선명하게 흘러나왔다.

-아버지와 대학교 시절 동창이었다고 들었어요.

레이의 말을 듣고 고다마는 눈살을 살짝 찌푸렸다.

-아버지가 살해당했어요.

-알고 있습니다. 뉴스에서 봤기 때문에.

-알고 계셨군요.

-네. 하지만 그다지 친하지 않았습니다. 졸업하고 나서는 한 번도 만난 적이 없습니다.

우치노 타츠오는 시큰둥한 표정으로 대답했다. 업무를 방해받아 귀찮아하는 태도였다.

-대학 시절에는 함께 연구를 한 적이 있다고 들었는데요.

-동급생 하나에 지나지 않습니다. 특별히 친한 사이도 아니었고요.

-함께 연구를 했는데 친하지 않았다고요?

-함께 연구는 했지만 사적인 이야기는 한 적이 없었다는 말입니다.

-어떤 연구를 하셨죠?

-음. 벌써 20년도 더 지난 이야기라서요. 기억이 나지 않습니다. 말한다고 해도 문외한인 그쪽은 모를 테고.

-식물에 대해서라면 알아요. 저, 들풀 연구회 부장이에요.

우치노 타츠오는 한순간 눈썹을 치켜 올렸다.

-우리 연구는 들풀의 이름을 외우기만 하는 게 아닙니다.

쓴웃음을 지으며 우치노 타츠오가 대답했다.

-알고 있어요. 하지만 당시의 연구가 현재의 사건과 연결

되어 있을 가능성도 있다고 생각해요.

-그럴 리가요.

-뭐든 좋으니까 떠올려보세요.

-잊었다고 말했잖습니까.

-중요한 일이에요.

-기타모토 씨. 어서 돌아가세요. 아버지가 돌아가신 건 안 됐지만 저도 할 일이 있습니다.

우치노 타츠오는 일어섰다.

-아빠는 왜 당신의 이름을 말했을까요?

우치노 타츠오는 앉아 있는 레이를 내려다봤다.

-그다지 친하지 않았다면 왜 아버지는 당신의 이름을 말했을까요?

-음.

-'은행잎 플러스' 연구에 우치노 씨는 관여했나요?

우치노 타츠오는 한순간 망설였지만 포기한 듯 "네" 하고 대답했다.

-그 안에 큰개불알풀에서 추출한 성분이 포함되어 있죠. 아빠와 우치노 씨가 대학시절에 공동 연구한 건 큰개불알풀에 대해서가 아닌가요?

-그랬는지도 모르겠습니다. 하지만 잘 기억이 안 납니다. 이쯤하고 가보세요. 일이 있어서요.

우치노 타츠오가 문에 손을 대자 그제야 레이도 일어났다.

모니터로 우치노 타츠오와 기타모토 레이의 모습을 지켜보던 고다마는 조그맣게 혀를 끌끌 찼다.

"말이 너무 많네요."

고다마의 등 뒤에서 여자 목소리가 들렸다. 고다마는 고개를 주억거리고 나서 뒤를 돌아다보았다. 그곳에는 기타모토 히데키의 유산을 관리하는 변호사 노시로 루미가 서 있었다.

15

레이는 폴린 제약에서 우치노 타츠오와 만나고 돌아가는 길에 신주쿠 중앙공원에 들렀다. 어둠이 내려앉고 군데군데 놓여 있는 벤치에는 이따금 커플의 모습도 보였다.

어두운 공원을 한 바퀴 돌았지만 찾고 있는 사람은 보이지 않았다. 레이는 아버지의 장례식에 왔던 노숙자를 만나러 왔다. 아버지가 노숙자와 친하게 지낸다는 이야기를 진 마사유키에게 들었기 때문이다.

돌아가려다가 좀 더 풀이 우거진 곳도 찾아보려고 마음을 바꿔 먹었다.

'모처럼 여기까지 왔으니까 할 수 있는 데까지 해보자.'

레이는 풀이 우거진 곳으로 발을 들여놓았다.

사람이 쓰러져 있었다.

'앗!'

마음속으로 비명을 질렀다. 하지만 자세히 보니 잔디 위에서 부둥켜안고 있는 젊은 남녀였다. 레이는 소리를 내지 않고 서둘러 그 자리를 떠났다. 장소를 옮겼다. 역시 없는 모양이다.

그때 입에 뭔가 차가운 천이 닿았다. 동시에 등 뒤에서 누군가 가슴 언저리를 감싸 안았다. 비명은 입에 대어진 천 때문에 막혀버렸다.

'이게 뭐지?'

도망치려고 발버둥 쳤지만 상대의 힘이 세서 몸을 옴짝달싹할 수조차 없었다.

'그만둬!'

목소리가 나오지 않았다.

발을 힘껏 뒤쪽을 향해 찼다. 하지만 상대는 레이를 억누르고 팔을 놓아주지 않았다. 머리에 충격이 느껴졌다. 몽둥이 같은 것으로 맞은 모양이다.

"누구냐!"

날카로운 목소리가 들렸다.

"쳇."

혀를 차는 소리와 함께 레이의 몸을 짓누르고 있던 힘이 사라졌다. 후다닥 도망치는 발소리도 들렸다.

"괜찮아?"

희미해져가는 의식 속에서 목소리가 들리는 쪽으로 고개를 돌렸다.

"당신은……."

레이는 완전히 의식을 잃었다.

몸이 흔들렸다.

레이는 눈을 떴다. 여기가 어디인지는 모른다. 주위를 둘러봤다. 자동차 안인 듯했다.

'나는 자동차 뒷좌석에 누워있어.'

레이는 깜짝 놀라 윗몸을 일으켰다. 공원에서 누군가에게 습격을 당했던 일이 떠올랐다.

'납치된 걸까?'

차 안에는 자신 외에 운전자 한 사람뿐인 듯했다.

"누구세요?"

"정신이 드니."

운전하는 사람은 삼십대 후반으로 보이는 남자였다.

"미안하지만 휴대전화를 살펴봤어."

레이는 부리나케 가방 안의 휴대전화로 손을 뻗었다.

"너의 가족에게 연락을 하고 싶었기 때문이야."

"당신은?"

의식이 또렷이 돌아왔다. 공원에서 습격을 당했고, 누군가가 구해줬다. "당신은 누구죠?" 하고 묻다가 의식을 잃었다.

"구해준 건가요?"

"우연이야. '누구냐!' 하고 소리쳤더니 상대가 허겁지겁 도망쳤어."

"고마워요."

레이는 낯선 남자에게 일단 인사를 했다.

"괜찮아?"

"괜찮아요. 기분도 나쁘지 않고."

"잘됐다. 지금 병원에 가려고 했는데 의식이 돌아왔으니. 집으로 갈까? 어머니한테도 연락을 해놨어. 병원에 도착하면 거기서 다시 연락한다고 했어."

"집을 알아요?"

"아아, 한 번 가본 적이 있거든."

"네?"

"놀랐지. 나는 너희 집을 찾아간 적이 있어."

"당신은 누구세요?"

"나가타 유스케라고 합니다."

남자는 정중하게 대답했다.

"주간지 기자를 하고 있어."

아직 잘 모르겠다.

"취재와 조의를 표할 겸 너희 집에 벨을 누른 적이 있어. 문전박대 당했지만 말이지."

그러고 보니 그런 일이 있었다고 레이는 생각했다.

"그때……."

"너는 왜 그런 시간에 공원에 있었니. 여고생이 혼자서 갈 만한 장소가 아닐 텐데."

"그건……."

어디까지 이 남자에게 이야기해도 좋을지 몰라 레이는 조심스러웠다. 하지만 이 남자는 생명의 은인이라고 할 수 있는 존재인 건 분명했다.

자동차가 멈췄다.

"도착했어."

레이는 창문으로 바깥을 보았다. 자신의 집이다. 안도하는 마음이 솟구쳤다. 하지만 자신이 타고 있는 자동차 옆에 있는 경찰차를 확인하고 레이는 다시 긴장했다.

"경찰에도 알렸어. 너는 납치당할 뻔했잖아."

레이는 고개를 끄덕였다. 이 남자의 행동은 자연스럽다고 생각했다.

나가타 유스케가 엔진을 끄고 차에서 내렸다. 차는 도요타의 프리우스인 듯했다.

벨을 누르자 금방 문이 열렸다. 어머니가 굳은 표정으로 서 있었다.

"엄마."

"레이."

별안간 눈물이 왈칵 쏟아졌다. 그제야 몸이 부들부들 떨렸다. 요코가 레이를 감싸 안아주었다.

"다행이다, 무사해서."

레이는 엄마 품안에서 고개를 끄덕였다.

"나가타 씨. 정말로 고맙습니다."

"아닙니다."

"안으로 들어오세요."

요코는 레이를 놓아주고 나가타 유스케에게 집안으로 들어오라고 했다. 마루에는 오오타 구로, 이와마, 두 사람의 형사가 있었다.

"습격당했다고?"

레이의 얼굴을 보자마자 오오타 구로가 말했다. 레이는 고개를 끄덕였다.

"큰일 날 뻔했네요."

이와마가 위로하듯 말했다.

"당신이 도와줬나?"

오오타 구로의 시선은 나가타 유스케를 향했다.

"우연이었습니다."

"전화로 이야기했을 때 이 집에 와본 적이 있다고 했는데."

"그렇습니다."

"어쩐지 너무 그럴싸한 이야기인 걸."

"아내가 기타모토 선생님과 안면이 있습니다. 그리고 저는 노숙자를 취재하고 있었고요, 중앙공원에서."

"저도 노숙자 아저씨를 찾고 있었어요."

"어떻게 된 거지."

레이와 나가타 유스케는 각각 자신의 상황을 설명했다.

"흠. 그래서 두 사람이 밤에 중앙공원에서 맞닥뜨렸다는 건가?"

"오오타 구로 씨. 습격한 사람에 대해 물어보죠."

이와마는 그렇게 말하고 수첩을 펼쳤다.

"어떤 상황에서 습격을 당했는지 최대한 자세하게 알려주세요."

레이는 이와마의 말대로 최대한 기억을 떠올리려고 애썼다. 그게 습격한 사람의 체포로 이어질 거라고 생각했기 때문이다. 하지만 등 뒤에서 습격당했기 때문에 범인이 누군지 전혀 알 수 없었다.

"당신은 어때?"

오오타 구로가 나가타 유스케 쪽으로 고개를 돌렸다.

"당신은 봤나? 범인을."

"상대가 바로 도망쳤기 때문에 잘 모르겠습니다."

오오타 구로는 혀를 끌끌 찼다.

"다만 키가 175센티미터 정도라고 생각합니다."

"지나치게 자세하군."

"어디까지나 인상이지만 제 키가 170센티미터거든요. 그 것보다 조금 큰 듯한 느낌이 들었습니다."

"흐음."

"그리고 성별은 남자입니다."

"얼굴을 본 게 아니잖아?"

"몸 전체의 인상이 남자였습니다. 어깨의 모습이라든지. 전체적으로 둥그스름하지 않고 분명 새카만 양복을 입었습니다."

"고맙습니다."

이와마가 나가타 유스케에게 고개를 숙였다.

"그렇게까지 상세하게 증언해주시고, 도움이 되었습니다."

"범인의 윤곽은 잡혔습니까?"

나가타 유스케가 이와마에게 물었다.

"그걸 레이 양에게 묻고 싶었는데."

오오타 구로는 레이에게 눈길을 보냈다. 레이는 고개를 가로저었다.

"최근에 뭔가 특별한 일을 했나?"

레이는 요코와 얼굴을 마주봤다.

"오늘 어디 갔지?"

"폴린 제약."

오오타 구로의 눈이 번쩍 빛났다.

"뭐 하러 갔어?"

"우치노라는 사람을 만나러 갔어요. 그 사람은 아빠의 대학시절 연구 동료였어요."

"레이……."

요코가 놀란 표정으로 레이를 보았다. 레이는 우치노를 찾아가게 된 경위를 설명했다.

"어떻게 생각하죠? 오오타 구로 씨. 레이 양이 습격을 당한 것과 우치노를 찾아간 건 어떤 관련이 있을까요?"

"글쎄."

오오타 구로는 그다지 흥미를 보이지 않았다.

"그보다 레이 양. 마음대로 행동하면 곤란해. 조금이라도 위험하다고 느낀다면 바로 경찰에 전화해서 협력을 요청해. 알았지?"

"알았어요. 하지만 아버지를 죽인 범인이 아직 잡히지 않

앉아요. 범인을 잡고 싶은 마음은 당연하잖아요."

"너는 순수하게 그런 마음으로만 행동한 거니?"

오오타 구로의 질문에 레이는 움찔했다.

"아빠 애인에게 유산을 뺏기면 억울하다. 그런 마음이 있
었는지도 몰라요. 하지만 애인은 없었어요."

레이는 조그마한 목소리로 대답했다.

"저의 착각이었어요. 그 여자는 아빠의 토지 권리증을 보
관하는 변호사였어요."

"뭐라고?"

오오타 구로와 이와마는 얼굴을 마주봤다.

"너희 아버지가 땅을 갖고 있었다고?"

"홋카이도의 벌판이에요. 자산 가치는 없어요. 하지만 들
풀이 무성하게 자라고 있으니까 아빠에게는 가치가 있었던
곳이죠."

"연구용이란 얘긴가?"

레이는 고개를 까딱했다.

"하지만 왜 잠자코 있었지. 땅을 갖고 있었던 걸?"

"변호사가 관리하고 있어서요."

요코가 끼어들었다.

"알려주십시오. 그 변호사의 이름과 연락처를."

요코가 일어나서 장롱 서랍에서 노시로 루미의 명함을 꺼

내 탁자 위에 올려놓았다. 이와마가 그걸 메모했다

"하지만 그 변호사는 왜 경찰에 중요한 사실을 알리지 않았지?"

"변호사에게는 비밀을 지킬 의무가 있다고 들었는데요."

"그런 건 알아. 하지만 살인사건이잖아."

"조사를 해볼까요. 그 변호사. 뭔가를 알고 있을지도 모르겠습니다."

오오타 구로는 이와마의 말에는 대꾸하지 않았다.

"레이 양은 지금 경찰 병원에 가야 해."

"괜찮아요. 아무렇지도 않아요."

"그렇지 않아. 머리에 난 상처를 감식 받고 어떤 흉기인지 알아봐야 해. 더구나 머리를 맞았기 때문에 후유증이라도 생기면 무서워. 경찰병원이라면 안심이 되지. 괜찮죠? 레이 양 어머니."

요코는 부랴부랴 고개를 끄덕였다.

진 마사유키의 얼굴은 현미경을 들여다보면서 굳어졌다.

'이건…….'

니시가타 사토미가 등 뒤로 다가왔다.

"알겠어요?"

"용케도 이런 걸 찾아왔네."

진 마사유키가 들여다보고 있던 건 폴린 제약이 개발 중인 알츠하이머병의 특효약인 신약의 수용액이다. 엄밀히 말해 신약 그 자체가 아니라 신약과 거의 동일하다고 추정되는 성분이다.

"연줄이 조금 있어서."

이미 신약은 완성 단계로 미국에서는 시판될 날이 머지않았다고 한다.

"큰개불알풀의 성분이 많이 사용되었다는 걸 알겠죠?"

진 마사유키는 고개를 주억거렸다.

"원래 큰개불알풀은 한방에서 해독에 이용돼. 독을 없애는 작용을 하기 때문이지."

생약 이름은 '진시소(腎子草)'라고 한다.

"그걸 기타모토 선생님이 조사했을까요?"

"아마도."

"그래서 살해된 걸까요?"

"거기까지는 모르지만."

"하지만 이상하네요. 신약 성분을 조사했을 뿐인데 왜 살해당했을까요?"

"어쩌면……."

진 마사유키는 눈을 감고 고개를 약간 치켜 올렸다.

"루비앙이라는 말. 신약의 제품명이 아닐까."

"네?"

"그걸 기타모토 선생님이 알아차린 거지."

"그래서 살해당했다고요?"

"잘 모르겠지만 기업 비밀은 무슨 일이 있어도 지켜야 할 가치가 있어."

니시가타 사토미는 이해하기 어려운 모양이었다.

"니시가타 씨. 이 신약 속에 물론 위반 성분은 들어있지 있지 않았겠지?"

"네."

"그렇다면 약품 자체에 위법성은 없을 테고."

"하지만 알려지지 않은 부작용이 있다면……."

"그런가. 부작용……."

"타미플루 같은 사례가 있다면 그걸 필사적으로 감추려고 하지 않을까요?"

인플루엔자의 특효약으로 유통되고 있는 타미플루는 복용한 사람이 건물에서 뛰어내리는 등 이상행동을 일으켜 사망한 사례가 보고되었다. 하지만 이상행동은 인플루엔자의 합병증 가운데 많이 발생하는 고열로 의식장애가 일어나는 뇌증(腦症)에도 나타난다. 타미플루의 영향인지 아닌지는 아직 확실하지 않다. 후생노동성의 연구팀은 어린 아이의 타미플루 복용과 이상행동의 관련성을 인정할 수 없다는 연구 결과를 발표했다. 조사 대상인 환자 가운데 타미플루 복용자의 이상행동 발생률은 11.9퍼센트, 미복용자의 이상행동 발생률은 10.6퍼센트다. 하지만 조사 대상은 대부분 10세 미만의 환자다. 최근 보고된 이상행동에 따른 사망자는 10대가 많기 때문에 좀 더 연구가 필요하다.

"확실한 관련성이 입증되지 않았더라도 소문만 나도 큰 피해가 생기니까."

"그렇죠."

"약학과 친구들에게 협력을 구해야 할까?"

진 마사유키의 말에 니시가타 사토미는 말없이 고개를 끄덕였다.

오오타 구로와 이와마는 노시로 루미의 사무실로 향했다. 오오타 구로는 일반 자동차로 가장한 경찰차 조수석에 앉아 담배를 피웠다.

"차 안에서는 금연입니다."

운전대를 잡은 이와마가 오오타 구로에게 주의를 줬다. 하지만 오오타 구로는 담배를 끄려고 하지 않았다.

"어떤 사람일까요, 노시로 루미는."

담배를 못 피우게 하는 걸 포기했는지 이와마는 화제를 바꿨다.

노시로 루미의 경력은 얼추 조사가 끝났다.

나고야 시 출신으로 나고야 현립 고등학교를 졸업한 뒤 게이오대학교 법학부에 들어갔다. 그리고 대학 재학 중에 사법시험에 합격했다. 게이오대학교를 졸업한 뒤에는 변호사로 등록했다. 도쿄의 변호사 사무소에 근무하다가 2년 후에 같은 사무소 변호사와 결혼했지만 1년 반 뒤에 이혼했다. 그 후 변호사 사무소를 그만두고 반 년 뒤에 독립했다.

현재 주요 고객 가운데 폴린 제약의 이름도 있었다.

"어제, 기타모토 레이는 폴린 제약 사원과 만났습니다. 그리고 노시로 루미의 고객 가운데 폴린 제약의 이름이 있어요. 이건 우연일까요?"

"글쎄."

오오타 구로는 앞쪽을 바라봤다.

"레이가 만난 폴린 제약의 사원인 우치노 타츠오라는 남자는 기타모토 히데키의 대학시절 동창생입니다."

"으음."

드디어 오오타 구로가 대답인 듯한 소리를 냈다.

"우치노 타츠오를 중계점이라고 생각하면 기타모토 히데키와 폴린 제약 사이가 선으로 연결됩니다."

주황색 신호인데 이와마는 무시하고 지나갔다.

"게다가 기타모토 히데키는 폴린 제약의 주식을 소유하고 있었습니다."

"기타모토 히데키 살해사건에 폴린 제약이 얽혀 있다는 건가?"

"연애감정의 갈등이나 부모 자식 사이의 불화도 아니고요."

기타모토 히데키에게 애인이 있을 가능성은 탐문 수사를 통해 사라졌다.

"진범이 딸 레이라고 말하지 않았어."

"하지만 그런 레이가 습격을 당했습니다. 범인은 따로 있다고 생각하는 게 자연스럽죠."

"레이는 기타모토 히데키를 죽인 범인에게 습격을 당했다는 건가?"

"그렇지 않으면 누가 습격했다는 겁니까?"

오오타 구로는 대답을 하지 않았다.

"그런데 기타모토 히데키의 주식 구입 방식이 마음에 걸립니다."

"무슨 말이지?"

"왜 한 주만 샀을까요?"

"흐음."

"재산을 불리는 게 목적이었다면 좀 더 많은 양을 사지 않았을까 합니다."

"기타모토 히데키에게 그럴 만한 자금이 없잖아."

"그렇다면 애초에 주식 같은 걸 사지 않으면 되잖아요."

"경제를 공부하고 싶었던 게 아닐까? 손쉽게 경제를 알기 위해서는 자신이 실제로 주식을 구입하는 게 가장 좋지. 그런 생각인지도 모르겠군."

"기타모토 히데키는 식물 연구에만 관심을 쏟았다고 많은 사람들이 증언했습니다."

오오타 구로는 앞쪽을 응시한 채 입을 꾹 다물었다.

"그러니까 기타모토 히데키가 산 폴린 제약 주식에는 어떤 의미가 있는 거죠. 그것도 식물과 관련된."

"신약인가?"

오오타 구로가 중얼거렸다.

기타모토 히데키가 아내 요코에게 맡긴 자료를 레이가 오오타 구로에게 건네주었다. 거기에서 폴린 제약의 건강보조식품에 대한 자료가 발견되었다. '은행잎 플러스'라는 그 건강보조식품 자체에는 아무런 문제도 없고 현재 평범하게 유통되는 상품이다. 하지만 그 연장선상에는 폴린 제약이 알츠하이머병의 특효약을 개발한다는 사실이 있다. 그리고 그 신약에는 '은행잎 플러스'와 마찬가지로 큰개불알풀 성분이 사용되고 있다.

"신약은 미국에서 곧 인가가 날 예정이라고 합니다. 폴린 제약은 그 제품을 역수입하려고 합니다."

"지나치게 서두르는군."

"기타모토 히데키는 아마도 그 부분을 조사하고 있지 않았을까요?"

"하지만 신약이라고 해도 특별한 문제는 발생하지 않았잖아. 미국에서는 이미 이용 가능하다는 판단이 내려졌다고 들었는데."

"어떤 비밀이 있는 거죠."

"그러고 보면."

오오타 구로는 자동차에 준비된 수납식 재떨이를 아무렇게나 꺼내서 담배를 비벼 껐다.

"피해자는 죽기 전에 루비앙이라는 말을 남겼다고 했지?"

"도대체 뭘까요?"

"특별한 의미는 없다고 생각하는데."

"죽기 직전에 친딸에게 남긴 말이에요. 틀림없이 의미가 있어요."

자동차 네비게이션이 안내한 대로 노시로 루미의 사무실이 있는 건물에 도착했다.

자동차가 건물 주차장으로 들어갔다.

"네비게이션이 편리하네요. 저는 방향치라서 네비게이션이 없으면 범행 현장에 도착하지 못할 겁니다."

오오타 구로는 눈을 감고 한숨을 내쉬었다.

자동차를 주차하고 두 사람은 엘리베이터를 타고 사무실이 있는 4층에 내렸다. 409호가 사무실이다.

이와마가 벨을 눌렀다. 대답이 없다. 다시 한 번 눌렀지만 역시 대답이 없었다.

"이상하네. 약속을 했는데."

이와마는 손목시계를 바라봤다.

"시간은 맞는데요."

오오타 구로는 문손잡이에 손을 대고 돌렸다. 짤카닥 소리를 내며 손잡이가 돌아갔다.

"문이 안 잠겨 있군."

오오타 구로는 그렇게 말하면서 문을 열었다.

"아, 마음대로 들어가면 불법침입이 됩니다."

이와마가 말리는 것도 듣지 않고 오오타 구로는 사무실 안으로 발을 들여놓았다.

"뭔가 찾을 수 있을지도 모르잖아."

"찾을 수 있을까요?"

오오타 구로를 따라서 안쪽으로 들어가려던 이와마는 갑

자기 멈춘 오오타 구로의 등에 부딪쳤다.

"저기요. 갑자기 멈추지 마세요. 뭔가 찾았습니까?"

"음. 찾았어."

오오타 구로는 몸을 조금 비켜서 이와마가 앞쪽을 볼 수 있게 했다.

그곳에는 의자에 앉은 채로 목에서 피를 흘리며 숨이 끊어진 노시로 루미가 있었다.

16

레이는 울고 있었다.

'도대체 왜 이런 일이 생길까?'

레이는 수업을 빼먹고 요요기 공원 벤치에 앉아 있었다. 따로 떨어져 살기는 했지만 아버지가 자신의 품안에서 죽어갔다. 충격적인 경험을 한 지 얼마 되지도 않아 두 번째 사망자가 나왔다. 그것도 최근에 간신히 신뢰하기 시작한, 어떤 의미에서는 믿고 의지해야 할 존재가…….

"레이."

목소리가 들린 쪽을 돌아다보니 들풀 연구회 회원인 이마하리야마 아야와 타카토 케이이치의 얼굴이 보였다.

"역시 이곳에 있었구나."

아야가 말했다. 레이는 눈물을 손으로 훔치고 나서 다시 손수건으로 닦았다.

"울고 있었어?"

레이가 고개를 끄덕이고 유산관리를 하고 있던 변호사, 노시로 루미가 죽었다고 설명했다. 들풀 연구회 회원들은 숨을 죽이고 얼굴을 마주봤다.

"자살했어?"

아야가 조심스레 물었다.

"상황은 자살. 하지만 믿을 수 없어. 노시로 루미 씨는 죽을 이유가 없고 더구나 우리는 함께 아버지를 죽인 범인을 찾자며 의욕에 불타올랐는데."

"어떻게 된 거야?"

아야가 물었다.

"살해당했어."

"설마."

"정말이야."

레이는 확신했다. 짧은 시간이었지만 실제로 노시로 루미와 만나본 결과 노시로 루미가 자살할 리 없다고 강렬하게 느꼈다.

"경찰은 뭐라고 하는데?"

185

"일단 자살이라고 추정했지만 타살일지도 모른다고 의심하겠지."

그 말은 기타모토 히데키 살해사건을 담당한 이와마 형사에게 직접 들었다.

"뭐 타살이라는 증거를 발견했대?"

"노시로 씨의 자택과 사무실에서는 아무것도 발견되지 않았나 봐. 하지만 자살이라니 말도 안 돼."

"무섭다."

아야가 팔짱을 끼고 몸을 움츠렸다.

"무슨 일이지. 레이 아버지가 살해당하고 아버지의 변호사까지 죽다니."

"같은 범인에게 살해당했다고 생각해."

레이는 단언했다.

"폴린 제약에 대해 조사했어."

케이이치가 가방에서 서류를 꺼냈다.

"폴린 제약은 알츠하이머병의 특효약을 개발했는데 미국에서 먼저 인가를 받으려고 하고 있어. 일본에도 조만간에 판매될 것 같아."

"조사한 거야?"

케이이치는 조금 쑥스러운 듯 고개를 끄덕였다.

"레이의 아버지가 폴린 제약의 주식을 갖고 있고 폴린 제약의 건강보조식품을 조사한 건 아무래도 신약과 관련이 있는 것 같아. 건강보조식품의 효능과 신약의 효능은 연관성이 있으니까."

"알츠하이머병 말이지."

"어어. 건강보조식품은 치매 예방을 내세우고 있고 게다가 신약과 건강보조식품은 둘 다 큰개불알풀에서 추출한 성분이 사용되고 있어."

"큰개불알풀이라고."

그 말에 뭔가 마음에 걸리는 게 있었다. 어딘가 먼 기억과 이어져 있는 듯한 기분이 들었다.

'뭐지. 큰개불알풀이란 말에 어떤 기억이 있어.'

레이는 눈을 감았다.

"왜 그래?"

"뭔가 생각이 날 거 같아."

어린 시절의 기억…….

느닷없이 아버지의 얼굴이 떠올랐다. 다정하게 웃는 얼굴…….

레이는 눈을 떴다.

'그 사람이 다정할 리가 없어. 아내와 딸을 버렸는데.'

설령 예전에는 다정한 시기가 있었다고 해도 그 다정함을 저버린 사람의 웃는 얼굴 따윈 떠올리고 싶지 않다. 더구나 어린 시절의 기억이 현재의 사건과 관련이 있을 리 없다.

"너희 아버지는 폴린 제약의 굉장한 비밀을 알게 되었나 봐. 아마 노시로 씨도."

"신약에 대한 비밀?"

케이이치는 고개를 끄덕였다.

"그래서 두 사람 모두 살해당했어."

"그만 둬."

"하지만 정말이잖아."

"사람을 죽일 정도의 비밀이란 게 뭔데?"

"다시 한 번 만나봐야 할까?"

"어?"

"폴린 제약에 아버지랑 아는 사람이 있어."

아야와 케이이치는 얼굴을 마주보았다.

"한 번 만나본 적이 있어. 그 사람이 뭔가 알고 있을지도 몰라. 전에 만났을 때는 어쩐지 말을 얼버무리는 듯한 기분이 들었어."

"위험하지 않을까?"

아야가 말했다.

"괜찮아. 사건이 해결될 때까지 이대로 아무것도 하지 않을 수는 없어."

그렇게 말하고 레이는 벤치에서 일어섰다.

우치노 타츠오는 쿠마자와 요시히코에게 얼굴을 가까이 댔다.

"그 연구는 내가 단독으로 한 게 아니야."

이곳은 선술집 다다미방이다. 양끝이 칸막이로 막혀 있어서 다른 손님과 얼굴을 마주치지 않을 수 있다. 독실은 아니지만 남이 듣지 않았으면 하는 이야기를 할 때 안심할 만한 구조다. 목소리를 낮추고 이야기하면 주위의 잡음과 뒤섞여 일단 들릴 염려가 없다.

"어떤 연구요?"

쿠마자와 요시히코가 되물었다.

우치노 타츠오와 쿠마자와 요시히코는 둘 다 폴린 제약의 연구원으로 알츠하이머병에 대한 특효약인 신약개발에 힘쓰고 있다.

"큰개불알풀의 성분 말이지. 그건 대학시절 친구였던 기타모토 히데키라는 남자의 연구였어."

"가로챘나요?"

우치노 타츠오는 고개를 주억거렸다.

"그런 일에 죄책감 느끼지 마세요."

"느끼지 않아. 기타모토도 잊고 있었을지도 몰라. 녀석은 식물 성분에는 그다지 관심이 없었어. 종류나 이름에 관심이 있었을 뿐이야."

"그렇다면 괜찮잖아요."

"문제는 그런 게 아냐."

우치노 타츠오는 거칠게 말했다.

"우리는 해서는 안 되는 짓을 했어."

"잊으세요."

쿠마자와 요시히코가 부리나케 말했다.

"그런 건 우리가 생각해봤자 소용없어요. 우리는 위대한 연구 성과를 올리고 많은 보수를 받았잖아요. 그걸로 모든 게 해결됐어요."

"해결되지 않았어."

우치노 타츠오는 탁자를 쾅 쳤다.

"우리는 파멸할지도 몰라."

"파멸하지 않아요."

쿠마자와 요시히코가 타이르듯 말했다.

"아니. 파멸이 가까워지고 있어. 기타모토가 죽었어."

"네?"

"대학시절에 내 친구였던 기타모토 히데키. 큰개불알풀의 최초 연구원, 기타모토가 죽었어."

"그랬군요. 하지만 저는 기타모토라는 사람을 모르기 때문에 뭐라고 할 말이 없네요."

쿠마자와 요시히코가 유리잔을 잡았다.

"살해당했어."

쿠마자와 요시히코는 유리잔을 입가로 옮기던 손을 멈추고 우치노 타츠오의 얼굴을 빤히 바라보았다.

"어떻게 된 거예요?"

"몰라. 하지만."

"그 이상은 생각하지 마세요."

두 사람은 서로 뚫어져라 바라봤다.

"됐어요, 우치노 씨. 생각한다고 해결될 문제인가요?"

"아니."

"그렇다면 생각해봤자 소용없어요. 기타모토라는 인물이 살해당했더라도 우리와는 관계없어요. 그렇게 생각하면 아무 문제없고 또 그렇게 생각하는 수밖에 없습니다."

우치노 타츠오는 모호하게 고개를 끄덕였다.

쿠로토비 에이토가 차 안에서, 도청기에서 흘러나오는 대화를 엿듣고 있었다.

-됐어요, 우치노 씨. 생각한다고 해결될 문제인가요?

-아니.

-그렇다면 생각해봤자 소용없어요. 기타모토라는 인물이 살해당했더라도 우리와는 관계없어요. 그렇게 생각하면 아무 문제없고 또 그렇게 생각하는 수밖에 없습니다."

쿠로토비 에이토는 액셀을 천천히 밟아 조용히 차를 발진시켰다.

레이는 진 마사유키를 시부야의 패밀리 레스토랑으로 불러냈다.

아무래도 꼭 물어보고 싶은 게 있었기 때문이다. 레이는 홍차, 진 마사유키는 커피를 놓고 두 사람은 마주 앉았다.

"진 마사유키 씨. 니시가타 사토미 씨에 대해 좀 더 알고 싶어요."

"어?"

"어떤 사람인가요? 니시가타 씨는."

"어떤 사람이냐고. 의지가 되는 동료지. 연구원으로서도 우수해. 성격도 밝고. 하지만 기타모토 선생님이 돌아가시고 나서 침울해 하고 있어."

진 마사유키는 조금 쓸쓸한 듯 말했다.

"왜 그런 걸 묻지?"

"지난번에 진 마사유키 씨와 니시가타 사토미 씨가 저희 집에서 만나기로 했잖아요."

"아아. 그때 미안했어."

"니시가타 씨가 마음대로 집에 들어왔기 때문이에요."

"내가 사과할게."

진 마사유키는 웃음을 지으며 말했다.

"도착하니 문이 열려 있었고, 한시라도 빨리 기타모토 선생님의 연구 내용을 찾아보고 싶었대. 그 설명에 거짓은 없다고 생각해."

"그런가요?"

진 마사유키는 힘차게 고개를 끄덕였다.

"아무리 문이 열려 있어도 남의 집에 마음대로 들어가는 건 비상식적이지. 자칫하면 가택침입죄가 되니까. 하지만 연구원 중에는 사회적 상식에 얽매이지 않는 발상과 행동을 하는 사람이 많이 있어."

레이는 고개를 끄덕였다. 아버지도 그런 사람 가운데 하나였다고 생각하기 때문이다.

"알고 싶은 것을 위해서는 사회 규범도 눈에 들어오지 않아. 칭찬을 받는 것도 아닌데 말이야."

진 마사유키가 말했듯이 니시가타 사토미에게 다른 의도
는 없었는지도 모른다.

"저는 무서워요. 누군가가 지켜보는 거 같아서요."

"레이 양……."

"아빠의 변호사까지 죽어버리고. 제가 무엇을 위해서 이것
저것 조사하고 다니는지 이젠 모르겠어요."

"아버지를 위해서, 그래서이지 않을까?"

진 마사유키는 몸을 약간 레이 쪽으로 기울였다.

"아버지는 결코 냉정한 사람이 아니었어. 성실하고 좋은
사람이었지. 함께 일하면 알 수 있어."

레이는 쉽사리 고개를 끄덕일 수 없었다. 아버지가 어머니
와 자신을 버리고 집을 나간 건 분명하기 때문이다.

"동료에게는 좋은 사람인지도 몰라요. 일을 열심히 했던
건 인정해요. 하지만 그게 가족에게 반드시 좋은 것만은 아
니에요."

"레이 양의 아버지는 오로지 연구만 하는 사람이 아니었
어. 정기적으로 밖에 돌아다녔다는 이야기는 전에도 했지만
현장 연구를 나가서 신주쿠 중앙공원의 노숙자들과도 사이
좋게 지냈어."

"노숙자들보다 가족과 사이좋게 지냈으면 좋았을 걸요."

레이는 홍차 찻잔에 입을 갖다 댔다. 진 마사유키는 자꾸

자꾸 고개를 끄덕였다.

"기타모토 선생님은 한자에도 해박했어."

"한자요?"

진 마사유키는 기쁜 듯이 고개를 주억거렸다.

"꽃 이름을 전부 한자로 쓸 줄 알았어. 연구원이라고 해도 보통 꽃 이름은 학명이나 가타카나로 쓰거든."

들풀 연구회에서도 가타카나를 쓴다.

"기타모토 선생님의 머릿속에는 꽃 이름이 전부 한자로 표기되어있는지도 몰라. 개망초인 히메조온(姬女苑), 기생초인 하루지온(春紫苑), 떡쑥인 하하코구사(母子草), 광대나물인 호토케노자(仏の座), 살갈퀴인 카라스노엔도(烏の豌豆)……."

갑자기 레이의 뇌리에 어린 시절 아버지와 나누었던 말이 되살아났다.

그게 언제였을까. 어디였을까. 집 마당이었을까.

―저기 아빠. 큰개불알풀은 어떤 의미야?

레이는 그 무렵부터 마당에 피어 있는 가련한 모습의 큰개불알풀을 아주 좋아했다.

―개불알풀이란 꽃이 있는데 그보다 크기가 더 큰 꽃이라는 의미란다. 개의 불알.

-개의?

-불알.

-불알이 뭔데?

-불알이란 고환, 음낭을 말해.

아버지는 그 의미를 설명했다.

-요컨대 나란히 열린 두 열매가 개의 불알과 모양이 비슷하단다. 그래서 큰개불알풀이란 이름이 되었지.

-그런 거 싫어.

레이는 울음을 터트렸다.

-이렇게 예쁘고 귀여운 꽃의 이름이 그런 의미라니. 지독해. 꽃이 불쌍해. 저기 아빠.

"레이 양."

레이의 기억은 중단되었다.

"슬슬 아버지와 화해하기를 바라."

"화해?"

"어어. 기타모토 선생님은 이미 돌아가셨지만 분명 레이 양을 지켜주고 있어. 그러니까 그 점을 마음에 새겨두기를 바랄게."

레이는 쓸쓸한 웃음을 지을 뿐이었다.

나가타 유스케는 젓가락을 쥔 채로 멍하니 생각을 하고 있
었다.

"왜 그래?"

아내가 물었다.

"아니야."

나가타 유스케는 아내와 초등학생 딸과 셋이서 산다.

"아빠, 된장국이 식어요."

"그래."

딸의 재촉에 나가타 유스케는 서둘러 된장국 그릇을 손에
들었다. 하지만 다시 움직임을 멈췄다.

'어디선가 들어본 적이 있어.'

폴린 제약의 사장, 고다마 쿄우지의 이름……

"어디서였더라."

아까부터 머릿속이 그런 생각으로 꽉 차 있었다. 이름이 뭔
가 마음에 걸렸다. 그건 결코 기분 탓이 아니라는 확신이 있
었다.

"잠깐 조사 좀 하고 올게."

나가타 유스케는 일어섰다.

"아빠, 식사 중이잖아요."

딸의 만류도 무시하고 나가타 유스케는 자신의 방으로 들어가 컴퓨터로 '고다마 쿄우지'를 검색했다. 몇 개가 떴지만 폴린 제약의 사장인 고다마 쿄우지에 대한 개인 자료는 찾을 수가 없었다. 고다마 쿄우지는 신중하게 자신의 자료를 감춰 둔 모양이다.

'무리도 아니야.'

지금은 뒤숭숭한 시대다. 일류기업의 사장이 자택 주소 등의 공개를 꺼리는 게 털끝만큼도 이상하지 않다.

'그렇지만 고다마 쿄우지는 지나치게 예민한 걸.'

자택 주소는커녕 출신지와 출신 학교도 도무지 알 수가 없었다.

나가타 유스케는 몇 가지 키워드 형식을 바꿔서 검색을 계속했지만 유효한 자료는 전혀 찾을 수 없었다.

'포기할까?'

그런 생각을 하다가 나가타 유스케는 키보드를 잘못 건드렸다.

'아이쿠!'

검색 엔진은 나가타 유스케가 의도하지 않은 항목을 번개처럼 검색했다. 나가타 유스케는 컴퓨터를 꺼야지 하는 생각을 하다가 잘못된 검색 결과를 바라보았다.

'이건······.'

마침내 나가타 유스케는 자신이 무엇 때문에 그렇게 신경
이 쓰였는지를 깨달았다.

'이건 엄청난 일이야.'

나가타 유스케는 인쇄 버튼을 클릭하고, 프린터에서 자료
가 빠져나오기를 기다렸다.

17

우치노 타츠오의 사체가 발견되었다.

자택 서재 의자에 앉은 채로 숨을 거두었다.

회사에 무단결근한 우치노 타츠오가 걱정되어 동료인 쿠
마자와 요시히코가 우치노의 집을 찾아갔는데 문이 열려 있
었다. 수상하게 생각한 쿠마자와 요시히코가 안으로 들어갔
고, 싸늘히 식어버린 우치노 타츠오를 발견했다. 우치노 타츠
오의 목은 노시로 루미와 마찬가지로 과일 깎는 칼인 페티나
이프로 예리하게 베어져 있었다.

쿠마자와 요시히코는 쏜살같이 경찰에 신고했다.

"일이 묘하게 되었네요."

이와마가 오오타 구로에게 말을 건넸다.

"잠자코 운전이나 해. 지금 생각할 게 있어."

이와마는 입을 꾹 다물었다.

자동차가 건물 지하 주차장에 들어갔다. 입구에서 경비원에게 이름을 말했다. 차를 주차하고 1층 안내데스크에 가서 만날 사람의 이름을 댔다. 번호표를 건네받고 엘리베이터를 탔다. 두 사람은 꼭대기 층에서 내렸다.

"어떤 인물일까요? 폴린 제약의 사장은."

이곳은 폴린 제약 본사다. 오오타 구로와 이와마는 폴린 제약 사원인 우치노 타츠오의 죽음에 대해 조사하기 위해 사장인 고다마 쿄우지를 찾아왔다.

사장실을 두드리니 문이 열렸다. 비서로 보이는 젊은 여성이 서 있었다. 긴 머리가 비즈니스 정장과 잘 어울렸다.

"전화했던 경시청의 이와마입니다."

이와마가 인사를 하자 바로 안으로 들어오라고 했다.

사장실 끝에서 끝으로 이어진 듯한 긴 나무 책상에 30대 중반의 남자가 앉아서 이쪽을 응시하고 있었다. 약간 마른 편이지만 근육만은 단단히 붙어 있는 듯한 몸의 소유자였다. 갸름한 얼굴에 가느다란 눈을 갖고 있었다.

이와마가 이름을 대자 남자는 일어섰다.

"사장인 고다마입니다."

경쾌하게 걸어와서 이와마와 오오타 구로에게 명함을 건

넸다. 두 사람도 명함을 건넸다.

"이쪽으로 오십시오."

고다마는 두 사람을 소파로 안내했다. 두 사람이 소파에 앉을 무렵에 비서가 차를 갖다 줬다.

"폴린 제약과 얽힌 사람이 세 명이나 죽었어."

불쑥 오오타 구로가 말을 꺼냈다.

"세 명?"

고다마가 눈썹을 치켜 올렸다.

"일단 연구원 우치노 타츠오."

고다마가 조그맣게 고개를 끄덕였다.

"틀림없이 상심이 크시겠죠."

이와마가 오오타 구로의 무례한 태도를 완화하려는 듯 정중하게 말했다.

"우치노 타츠오는 우수한 연구원이었습니다. 하지만 살해당한 게 아니라 자살이라고 들었는데요."

"뭔가 짚이는 부분은 없나?"

"자살인데 말인가요?"

"어어."

"없습니다."

고다마는 즉시 답했다.

"경찰도 지금은 그렇게 생각하지. 그래서 타살 가능성도 나온 거고. 문도 열려 있었다는데."

"확실한 것을 알 수 있을 때까지는 자살, 타살, 양쪽 다 가능성이 있다는 거죠?"

"네."

이와마가 대답했다.

"하지만 세 사람이라니 무슨 뜻인가요? 폴린 제약과 관련된 사람이 세 명이나 죽었다고 오오타 구로 씨가 말씀하셨는데요."

"폴린 제약의 고문 변호사 노시로 루미도 죽었지."

"그렇군요."

고다마는 눈썹을 슬쩍 찡그렸다.

"노시로 루미 씨와 안면이 있습니까?"

"물론이죠."

"그럼 틀림없이 상심하셨겠군요. 안면이 있는 고문 변호사와 우수한 사원을 연달아 잃었으니까요."

"노시로 루미 씨도 살해당했다고 생각하십니까?"

"단정은 못해. 하지만 우치노 타츠오의 죽음과 상황이 똑같아. 노시로 루미도 자살할 만한 이유가 없지. 그렇다면 두 사람 모두 살해당했을 가능성이 굉장히 높아."

오오타 구로의 말에 고다마는 반응을 보이지 않았다.

"세 번째는?"

"기타모토 히데키. 이쪽은 타살인 게 확실해."

"그분은?"

"당신네 우치노 타츠오와 대학시절 동창생이지."

고다마는 고개를 살짝 갸웃거렸다.

"폴린 제약과는 관련이 너무 희박하군요."

"기타모토 선생님은 폴린 제약의 주식을 소유하고 있었습니다."

"현명한 분이네요."

"뿐만 아니라 재산관리를 변호사 노시로 루미 씨에게 의뢰했습니다."

고다마는 얼굴을 과장스럽게 움직이며 이와마를 쳐다봤다.

"그래도 관련이 희박한가?"

"깊다고는 할 수 없네요. 그분과 폴린 제약의 관계는 전부 우연에 지나지 않기 때문에."

고다마는 차를 마셨다.

"노시로 루미는 언제부터 폴린 제약의 고문이 되었지?"

"고문이 아니었습니다."

고다마는 말을 고르는 듯 뜸을 들였다.

"폴린 제약에는 이미 고문 변호사가 세 사람 있습니다. 얼마 전에 네 번째 고문 변호사가 되어 달라고 제의했죠."

"그랬습니까?"

이와마가 메모를 하면서 고개를 끄덕였다.

"노시로 루미 씨와 처음으로 만난 건 1년 정도 전이라고 기억하고 있습니다."

"경위는?"

"노시로 루미 씨가 먼저 연락을 해왔습니다."

"노시로 루미가?"

"네."

고다마는 고개를 주억거렸다.

"그 무렵 사소한 문제가 발생했습니다. 그 해결책을 노시로 루미 씨가 제시해주었습니다. 그 견해가 훌륭했기 때문에 만날 생각을 했습니다."

"그 문제라는 건 이를테면 부작용에 대한 건가?"

"아니요. 단순한 세법상의 문제입니다."

"흐음."

오오타 구로는 뭔가 생각했다.

"루비앙이라는 말을 아나?"

"루비앙?"

"약 이름이나 뭐 그런 거 없어? 앞으로 발매할 약이라도 괜찮아."

"아니요."

고다마는 어리둥절한 표정으로 고개를 옆으로 흔들었다.

"저희 상품 중에는 없습니다. 과거에도 없었고 앞으로도 없습니다."

"그런가."

오오타 구로는 차를 마셨다.

"우치노 타츠오라는 사원과 고문 변호사가 될 뻔했던 노시로 루미가 연달아 죽었어. 뭐 짚이는 거 없어?"

"전혀 없습니다."

고다마의 눈이 한순간 어렴풋이 빛났다.

"형사님."

"뭐야."

"두 사람이 살해당했다면 범인을 꼭 잡아주십시오. 부탁드립니다."

고다마는 가볍게 고개를 숙이고 더는 할 이야기가 없다는 듯 의자에 깊숙이 몸을 기댔다.

기타모토 요코가 직장을 쉰 건 이번이 처음이었다.

레이가 학교에서 돌아왔는데도 요코는 여태 이부자리에서 자고 있었다.

"괜찮아? 엄마."

레이는 발그레한 얼굴로 누워 있는 요코의 이마에 손을 갖다 댔다.

"뜨거워. 열이 심하잖아. 아직 열이 안 내렸어."

"괜찮아."

하지만 도무지 괜찮아 보이지 않았다. 레이는 머리맡의 체온계를 요코에게 건넸다.

요코가 받아들고 열을 쟀다. 전자음이 나고 겨드랑이 밑에서 떼어보니 39도가 조금 넘었다.

"해열제 먹었어?"

요코는 누운 채로 고개를 끄덕였다.

"피로가 쌓인 거야. 그동안 육체적으로도 정신적으로도 힘들었잖니."

남편이 살해당하고 그 뒤 유산관리를 해준 변호사까지 죽었다. 그 범인에게 자신과 딸이 살해당하지 않으리라는 보증은 없다.

"이럴 때 미안한데 조금 물어보고 싶은 게 있어."

"뭐니?"

"이야기하기 괴로우면 대답해주지 않아도 돼."

요코는 누운 채로 고개를 끄덕였다.

"요즘 줄곧 생각한 건데 그 사람이 지키려고 한 거, 이 집에 있지 않을까?"

요코는 괴로운 듯 한숨을 쉬었다.

"왜 그렇게 생각하니?"

"그러니까 그 사람 맨션은 철저히 조사했잖아. 그래도 아무것도 안 나왔어. 그 사람이 산 땅은 벌판이고 아무것도 없어. 대여금고에는 주식 명세서밖에 없었고. 그렇다면 이 집밖에 없잖아?"

"이 집에는 없어. 진 마사유키 씨 일행이 왔을 때도 이미 조사했잖니."

"아직 찾아보지 않은 방이 있잖아."

2층에 있는 창고 대신 쓰는 방.

"그 방도 찾아봤잖아."

"아직 아냐. 물건이 너무 많아서 전부 다 찾아보지는 못했어. 좀 더 철저히 찾아보고 싶어."

"알았다."

"하지만 지금은 안 돼. 나, 이따가 나가타 씨랑 만나기로 했거든. 나가도 되지?"

요코는 고개를 끄덕였다.

"엄마는 그냥 자고 있을 거니까. 혼자 있어도 괜찮아."

레이는 그 말을 듣고 어머니의 저녁식사를 준비하러 밖으로 나갔다.

만나기로 한 장소인 패밀리 레스토랑에는 이미 나가타 유스케가 와 있었다.

"늦어서 죄송해요. 엄마가 열이 있어서 저녁식사 준비를 하고 오느라고요."

"그래? 큰일이네."

나가타 유스케는 진심으로 걱정스러운 듯 말했다.

"그런데 나가타 씨, 하실 말씀은 뭐죠?"

"레이 양 아버지와 노숙자들에 대해서 다시 한 번 생각해보고 싶어서."

아버지가 노숙자들과 친했다는 걸 레이는 진 마사유키에게 들어서 알고 있었다. 그래서 신주쿠 중앙공원에 갔다가 습격을 당하고 나가타 유스케에게 구조되었다.

"사실은 말이야, 다소 이상하게 생각되는 점이 있어서."

"뭔데요?"

"노숙자들을 취재하고 있다는 건 전에 이야기했지?"

"네."

"하지만 최근에 못 만났어. 낯익은 노숙자들과."

"그래요? 자리를 옮긴 게 아닐까요?"

"그럴지도 몰라. 하지만 우에노 공원과 히비야 공원도 찾아봤지만 눈에 띄지 않네."

"도쿄 도가 공원에서 노숙자들을 쫓아내고 있을까요?"

"음. 확실히 그런 적은 있어. 하지만 그래도 그들이 이렇게 사라져버릴 리가 없어. 도쿄 도가 싼 아파트를 알선해줬거나 어딘가 거처가 있을 텐데. 하지만 짐작 가는 곳을 돌아다녀 봐도 찾을 수가 없어."

"고향에 내려갔거나 한 건 아닐까요?"

"그럴지도 모르지만."

"노숙자 전체 숫자가 줄어들었어요?"

"확실히 줄어들었어."

노숙자들에게 일과 주거를 알선하는 도쿄 도의 정책이 성과를 올리기 시작한 걸까.

"도쿄 도 전체에서 노숙자 숫자가 줄어들고 있어."

오렌지 렌지(Orange Range)의 노래 '꽃'의 멜로디가 흘렀다. 레이의 휴대전화 착신음이다. 레이는 나가타 유스케에게 양해를 구하고 휴대전화를 가방에서 꺼내 귀에 갖다 댔다.

-레이 양? 나, 니시가타 사토미.

니시가타 사토미의 목소리는 무척 다급했다. 도대체 무슨 일이 있는 걸까.

-큰일 났어.

-왜 그러세요?

-집이 불타고 있어.

-네?

-화재야. 너희 집이 불타고 있어.

무슨 일일까? 할 말이 떠오르지 않는다. 머리도 잘 돌아가지 않는다.

-너희 집에 찾아갔는데 집이 엄청난 기세로 불타고 있어.

순간 레이의 머릿속에 고열로 자고 있는 엄마의 모습이 떠올랐다.

-소방차는? 소방차는 불렀어요?

레이는 외치듯 말했다.

-아아, 미안해. 너무 놀라고 당황해서 아직 못 불렀어.

-빨리 불러요!

레이는 외쳤다.

"왜 그래?"

나가타 유스케가 눈을 동그랗게 뜨고 물었다.

"집에 불이 났대요."

"어?"

"나가타 씨. 부탁이에요. 집까지 데려다 주세요. 엄마가 열이 나서 집에서 혼자 자고 있어요."

"알았어."

나가타 유스케는 사정도 잘 모를 텐데 바로 대답했다. 서둘러 찻값을 치르고 나가타 유스케의 차를 탔다. 레이는 그 사이에 휴대전화로 119에 신고했다. 니시가타 사토미가 재빨리 신고하지 않았을 경우를 대비해서였다.

자동차가 집에 가까워지고 익숙한 거리의 풍경이 눈에 들어왔다.

레이의 심장이 세차게 고동쳤다.

사이렌 소리가 울려 퍼졌다. 모퉁이를 돌자 소방차가 몇 대 정차하고 있는 모습이 보였다. 나가타 유스케는 자동차를 세웠다.

"차가 더는 들어갈 수 없어."

"내릴게요."

모퉁이를 돌면 바로 집이다. 하늘을 쳐다보니 검은 연기가 피어오르고 있었다. 어른어른 불꽃도 보이는 듯했다.

레이는 달려서 모퉁이를 돌았다. 불이 보였다. 숨쉬기가 괴로워졌다.

자신의 집이다. 자신의 집이 불길에 휩싸여 있다. 소방차가 집을 향해서 물을 뿌리고 있다.

"엄마……."

한순간 멈췄지만 곧장 집을 향해 달렸다.

"엄마아아!"

하지만 득달같이 누군가가 붙잡아 안았다.

"가게 해줘요."

"안 돼."

붙잡은 사람은 소방복을 입은 남자였다.

"엄마가 안에 있어요! 열이 나서 움직일 수 없어요!"

그렇게 말한 순간 집이 무너져 내렸다. 레이는 소리 없는
비명을 질렀다. 오늘 아침까지 살던 자신의 집이 불타서 무너
져 내렸다.

"안에 누가 있어도 이제 구할 수 없어."

레이는 힘이 빠져서 땅바닥에 주저앉았다.

18

불은 간신히 꺼졌다.

소방차도 물을 뿌리는 걸 멈췄다. 레이는 힘을 쥐어짜내 일
어섰다. 어머니를 찾아야 한다.

"레이."

남자 목소리가 났다. 뒤를 돌아보니 타카토 케이이치였다.
하지만 말하기조차 귀찮았다.

"어머니, 병원에 계셔."

"뭐?"

"아야가 간호하고 있어."

타카토 케이이치는 피곤해 보이는 웃음을 지었다.

"아야랑 둘이서 너희 집에 왔어. 그랬는데 집이 불타고 있어서……. 깜짝 놀랐어."

"타카토 군……."

"2층 창문으로 사람의 얼굴이 언뜻 보였어. 잠시 레이인가 생각했지. 하지만 아주머니였어. 괴로워 보이시더라고. 그래서 정신없이 막 뛰어올라갔어."

"타카토 군!"

레이는 타카토 케이이치에게 매달렸다.

"고마워!"

"그, 그만둬."

케이이치는 쑥스러워서 레이를 뿌리쳤다.

"무사한 거지? 엄마."

"어. 서둘러 2층에 올라가서 부축해서 함께 내려 왔어. 딱히 화상도 입지 않았으니까 괜찮으실 거야. 혹시 몰라서 구급차를 불러서 병원에 모셔갔어."

"고마워. 타카토 군과 아야는 생명의 은인이야."

"다행이네."

나가타 유스케가 레이의 어깨에 손을 갔다 댔다. 레이는 뒤

돌아서서 고개를 끄덕였다. 그 눈에 눈물이 그렁그렁 맺혔다.

"이 집에 사는 분입니까?"

소방관이 말을 걸었다. 레이는 고개를 끄덕였다.

"이번 일은 정말 안 됐네요. 물어보고 싶은 게 몇 가지 있습니다."

소방관의 말을 듣고 레이는 자신의 집을 잃었다는 걸 새삼 뼈저리게 깨달았다.

패밀리 레스토랑에서 나가타 유스케는 두 가지 이야기를 하려고 했다.

화재 때문에 경황이 없어서 아직 레이는 두 번째 이야기를 듣지 못했다. 오늘은 그 두 번째 이야기를 들으러 지난번과 같은 패밀리 레스토랑에서 나가타 유스케와 만났다.

집을 잃어 커다란 피해를 보았지만 불행 중 다행이라고나 할까, 화재보험에 들었기 때문에 금전적인 손실은 최소한으로 막을 수 있었다. 요코는 케이이치와 아야 덕분에 무사히 탈출했고, 열도 내리고 몸 상태가 좋아졌다. 현재 레이는 어머니와 함께 호텔에 묵고 있다.

화재의 원인은 아직 밝혀지지 않았지만 아무래도 방화인

듯하다. 불이 난 곳은 집밖이란 견해가 굳어지고 있는 모양이다.

"방화라면 레이 양과 어머니는 정말로 위험한 상황에 놓여 있어."

나가타 유스케의 말에 레이는 고개를 끄덕였다.

"아버지가 살해당하고, 레이 양은 습격을 한 번 당했어. 그리고 집에 불이 났다면 범인은 사람의 목숨을 대수롭게 여기지 않는 무리라고 생각해도 좋을 것 같아."

"범인은 저와 엄마를 죽이려고 불을 질렀을까요?"

"몰라. 그럴지도 모르고 어쩌면 뭔가 레이 양의 집에 있는 물건을 없애버리고 싶어서 집을 통째로 불태워버리려고 생각했을지도 모르겠어."

"집에 있는 물건……."

"아무튼 어떻게든 범인을 찾아내야지 안 그러면 계속 위험해질 거야."

"경찰은 어디까지 알고 있을까요?"

"아직 용의자도 좁혀지지 않은 단계라고 생각해.

레이는 입을 다물었다. 몸이 살짝 떨렸다. 목숨을 노리고 집을 불태우고……. 범인은 정말로 위험한 인물이다.

"조금 마음에 걸리는 게 있어."

나가타 유스케는 목소리를 낮추고 얼굴을 레이에게 가까

이 댔다.

"폴린 제약의 사장에 대해서인데."

레이는 나가타 유스케의 얼굴을 응시하며 이야기를 재촉했다.

"처음에는 폴린 제약에 대해 개략적으로 조사했어. 실적 같은 거 말이지. 요즘 폴린 제약의 실적이 악화되어 가고 있더군. 가려움을 멈추게 하는 연고의 판매가 줄어들었고, 건강보조식품도 생각했던 것만큼 안 팔려. 뭐 그건 괜찮지만 문제는 사장이야. 폴린 제약의 사장은 고다마 쿄우지라는 인물이거든."

나가타 유스케는 도대체 무슨 말을 꺼내려는 걸까?

"이 인물의 이름을 아무래도 들어본 기억이 있더라고. 그래서 조사했지만 어떤 인물인지 도무지 알 수가 없었어."

"커다란 회사 사장이니까 예를 들어 인터넷에서 찾아보면 알 수 있지 않을까요?"

"그런데 이 인물은 자신의 개인 자료를 전혀 공개하지 않았어."

"그래요?"

"이해가 안 가는 건 아냐. 요즘은 위험한 시대니까. 하지만 그렇다고 해도 출신학교 정도는 공개해도 될 텐데 그런 정보까지도 없어."

"그게 이번 사건과 무슨 관계가 있죠?"

"모르겠어. 하지만 마음에 걸리는 건."

나가타 유스케는 커피를 마시면서 계속 이야기했다.

"고다마 쿄우지에 대해 인터넷으로 찾아봐도 아까 말했듯이 쓸 만한 정보는 안 나와 있어. 그런데 우연이지만, 고다마 쿄우지를 고다마 교이치로 키보드를 잘못 눌렀거든."

나가타 유스케의 눈에 희미한 빛이 깃든 것 같다고 레이는 느꼈다. 그건 나가타 유스케가 이제껏 보인 적이 없는 표정이었다.

"레이 양은 기억하지 못할지도 모르지만 몇 년 전에 어떤 테러 사건이 일어났어."

"일본에서 말인가요?"

"어어. 레이 양은 지금 열여섯 살이지?"

"네."

"그 사건이 일어난 건 8년 전이니까 레이 양이 아직 여덟 살 때. 기억하기는커녕 들어본 적도 없을지 몰라."

"어떤 사건이죠?"

"일본인 전체를 알츠하이머병 환자로 만들어 버리겠다는 터무니없는 테러 사건이야."

레이는 숨을 죽였다.

피 속에 알루미늄이 대량으로 혼입되면 뇌에도 영향을 미

쳐 단기간에 치매가 발생한다. 1970년대에 그 사실이 알려지
자 유럽과 미국에서는 알루미늄 냄비 등을 사용하지 않는 사
람들이 생겨났다. 테러 조직은 그 작용을 이용하려고 했다.

"미수에 그쳤기에 망정이지 실행되었다면 큰일 날 뻔했지."

레이는 고개를 끄덕였다. 테러가 조금이라도 실행되었다면
지금까지 계속 언급되고 레이도 아는 사건이 되었을 것이다.

"범행 단체는 '십신성(十新星)회'란 테러 조직이야. 물론 지
금은 해체되었지. 그런데 그 테러 조직의 우두머리 이름이 고
다마 교이치였어."

"고다마 교이치……."

"그래. 오타를 내는 바람에 그 사실을 깨달았지. 고다마 교
이치와 고다마 쿄우지. 너무 비슷하잖아."

한쪽은 테러 조직의 우두머리. 한쪽은 제약회사의 사장.

"우연 아닐까요?"

"그럴지도 모르지. 하지만 '십신성회'가 벌이려고 했던 짓
이 알츠하이머병과 관련이 있다는 점이 마음에 걸려."

레이는 나가타 유스케를 똑바로 바라봤다.

"폴린 제약이 개발 중인 신약은 알츠하이머병의 특효
약……."

"그래."

나가타 유스케도 레이를 응시했다.

"고다마 교이치와 고다마 쿄우지. 두 사람은 이름이 아주 비슷해. 둘 다 알츠하이머병과 관련되어 있고. 한쪽은 테러의 도구로, 한쪽은 그 특효약을 개발하고 있지. 두 사람의 관계는 인터넷에서는 찾아낼 수 없었어. 고다마 교이치도 그렇지만 고다마 쿄우지도 사적인 정보는 드러나지 않았어. 요즘은 사생활을 강력히 보호하는 경향이 있기 때문이지. 사건과 직접 관련이 없는 정보는 찾아내기 어려워. '십신성회' 사건과 관련해서 논픽션 책도 한 권 나왔지만 고다마 교이치에 대한 개인 정보는 이미 부모님이 세상을 떠났다는 정도밖에 알 수 없었어. 형제가 있는지 없는지는 나와 있지 않았어. 그러니까 두 사람에게 공통점이 있는 게 단순한 우연인지도 몰라. 하지만."

"제가 조사해볼게요."

"어?"

"고다마 교이치와 고다마 쿄우지의 관계. 인터넷으로 알 수 없다면 다리를 사용할게요."

"다리?"

"다리요."

그렇게 말하고 레이는 탁자 밑에서 자신의 다리를 툭툭 쳤다.

토요일.

레이는 버스에서 내렸다. 목적지인 쿠라야마 초등학교까지 걸어서 20분은 걸릴 듯했다.

'비가 내리지 않아서 다행이다.'

새삼스레 그런 생각을 하며 레이는 걷기 시작했다. 롯폰기에서 다치카와까지 가서 오멘 선으로 갈아타고 다시 오쿠타마 역까지 가는 데 2시간 이상 걸렸다. 그리고 오쿠타마에서 40분 가까이 버스를 타고 요츠이시 초등학교까지 갔다.

레이는 나가타 유스케에게 고다마 교이치와 고다마 쿄우지의 이야기를 들은 뒤 만화 카페 개인실에 들어가 컴퓨터 모니터 앞에 앉았다. 그리고 나가타 유스케에게 건네받은 '십신성회'의 우두머리인 고다마 교이치에 대한 자료를 유심히 살펴봤다.

'만약에 고다마 교이치와 고다마 쿄우지가 형제라면 두 사람은 같은 초등학교에 다니지 않았을까?'

레이는 그렇다, 실마리를 찾아냈다.

만일 그렇다면 고다마 교이치가 나온 초등학교에 고다마 교이치와 고다마 쿄우지가 형제라는 사실을 알고 있는 교사가 있을지도 모른다.

고다마 교이치의 자료로는 출신 초등학교는 알 수 없었다. 다만 도쿄 도 기타타마 쵸 출신이라고 기록되어 있을 뿐이었다. 하지만 기타타마 초는 인구가 적다. 그렇다면 초등학교 숫자도 적지 않을까. 찾아내는 게 불가능하지는 않다. 레이는 그렇게 생각했다. 만화 카페 컴퓨터로 인터넷에서 '도쿄 도 기타타마 쵸'와 '초등학교'라는 두 가지 키워드로 검색하자 기타타마 쵸에는 초등학교가 두 개밖에 없다는 사실이 드러났다. 요츠이시 초등학교와 쿠라야마 초등학교.

'이 정도라면 조사할 수 있어!'

레이는 직접 초등학교 두 곳에 가보기로 했다.

먼저 역에서 가까운 편인 요츠이시 초등학교로 향했다. 근처 버스정류장에서 내린 뒤 지도를 바탕으로, 그리고 사람들에게 길을 물어보며 걷다가 20분 정도 걸려 요츠이시 초등학교에 도착했다. 그곳에서 고다마 교이치에 대해 물었고, 교이치가 쿠라야마 초등학교 출신이라는 사실을 알아냈다. 요츠이시 초등학교 교사들도 8년 전에 세상을 떠들썩하게 했던 '십신성회'의 고다마 교이치를 잘 알고 있었다.

요츠이시 초등학교를 출발해서 20분 정도 더 버스를 타고 가서 쿠라야마 초등학교에 도착했다.

'시간이 상당히 많이 걸렸어.'

넓은 교정에서 소년들이 고무공으로 야구를 하고 있었다. 그 옆을 지나서 교정으로 들어가 교무실을 찾았다.

교무실은 2층에 있었다. 문을 열자 교사로 보이는 사람이 네 명 있었다. 남성이 셋, 중년 여성이 하나. 레이는 가까이에 있는 젊은 남자에게 말을 건넸다. 머리털이 아무렇게나 뻗친 그다지 패기가 느껴지지 않는 남자였다.

"무슨 일인가요?"

남자는 유약한 목소리로 레이에게 물었다.

"저기, 고다마 교이치에 대해 알고 싶습니다."

"고다마 교이치?"

교무실 안쪽에 앉아 있던 초로의 남성이 일어났다. 길고 평평한 얼굴의 남자였다.

"고다마 교이치에 대해 뭘 알고 싶은데요?"

안쪽에 있는 초로의 남성이 레이에게 말을 걸어왔다.

"아버지가 살해당했어요."

레이의 말에 교무실 안에 있는 사람들의 눈이 휘둥그레졌다. 하지만 솔직하게 이야기하는 게 가장 좋다고 레이는 결심하고 왔다.

"그 일 때문에 찾아 왔습니다."

"어떻게 된 겁니까?"

"사실은 아버지의 죽음과 8년 전 테러 사건 관계자가 관련이 있는 게 아닐까 생각되는 부분이 있어서요."

초로의 남성은 눈을 둥그렇게 떴다.

"그게 진실인지 아닌지는 모르지만 어쨌든 고다마 교이치에 대해 알고 싶습니다."

초로의 남성은 묵묵히 뭔가를 생각하더니 이윽고 "알았습니다" 하며 레이를 별실로 안내했다. 마주 앉은 뒤 남자는 쿠라야마 초등학교 교감이고 이름은 휴가라고 밝혔다. 레이도 다시 자기소개를 했다.

"기타모토 씨, 구체적으로 뭘 알고 싶은가요?"

"그게 말이죠. 이를테면 고다마 교이치가 그런 사건을 일으켜서 가족이 힘들지 않았을까 하는데요. 그런 이야기라든가."

"기타모토 씨. 고다마 교이치가 이 학교에 있었던 건 초등학교 때예요. 사건을 일으키기 훨씬 전이죠."

"아, 그래요."

"나는 고다마 교이치의 담임이었습니다."

레이는 턱을 끌어당겼다.

"담임선생님이었다면 여러 가지 기억하시겠네요."

"이미 오래 전 이야기예요. 30년도 더 전이죠. 웬만해서는 기억하지 못해요."

레이는 물끄러미 휴가를 바라보았다.

"하지만 나는 기억력이 좋은 편입니다. 내가 가르친 아이

들은 똑똑히 기억하고 있어요."

레이는 기대감에 고개를 끄덕였다.

"고다마 교이치는 눈에 띄지 않는 학생이었어요. 얌전하고
요. 머리는 뛰어나게 좋았습니다. 솔직히 말하면 그 사건이
일어나고 나서 새삼스레 당시 앨범 등을 꺼내서 살펴봤답니
다. 그래서 기억이 되살아난 면도 있죠."

레이는 고개를 끄덕였다.

"고다마 교이치 군의 집은 '고다마 설비'라는 설비업을 했어
요. 지금은 이미 부모님이 돌아가셨지만요. 어머니는 당시 학
부모회 임원 등도 적극적으로 맡을 정도로 활발했던 분으로
기억합니다. 고다마 교이치 군은 얌전하고 머리가 좋았어요.
그런 어이없는 사건을 일으킬 만한 아이가 전혀 아니었어요."

"그랬군요."

"오히려 동생 쪽이 눈에 띄었답니다."

레이는 별안간 심장이 쿵쾅쿵쾅 요동치는 걸 느꼈다.

"고다마 쿄우지 씨, 말인가요?"

"알아요?"

레이는 고개를 끄덕였다.

'마침내 찾았어!'

레이의 심장 고동은 점점 더 빨라졌다.

"형과 달리 활발한 아이였다고 기억합니다."

"형과 몇 살 차이가 나죠?"

"분명 3, 4학년은 아래였다고 생각해요. 형에게 심취해 있었답니다."

"네."

"고다마 교이치 군은 얌전한 아이였지만 머리가 뛰어나게 좋아서 고다마 쿄우지 군은 형을 동경했어요. 틀림없이 고등학교도 같은 고등학교에 갔을 겁니다."

"고등학교 이름을 아세요?"

"그건 기억하지 못합니다. 미안합니다."

그 뒤 여러 가지를 물었지만 원하는 정보는 얻지 못했다. 하지만 레이에게는 이미 충분했다. 레이는 인사를 하고 학교 건물을 나섰다. 교정을 걸으면서 휴대전화로 나가타 유스케에게 전화를 걸었다.

-여보세요. 나가타 씨? 기타모토 레이예요.

-웬일이야?

-고다마 교이치의 출신 초등학교에 왔어요. 이곳에서 당시 담임선생님에게 이야기를 들었어요. 그래서 고다마 교이치의 동생 이름이 고다마 쿄우지라는 사실을 알아냈어요.

-정말이야?

-네. 그리고 고다마 쿄우지가 고다마 교이치를 동경하고 있다는 사실도 알았어요.

-대단해. 레이 양.

-그러니까 '십신성회'와 폴린 제약은 관련되어 있는 거죠.

-아니, 아직 아냐.

-네?

-그것만으로는 증명할 수 없어.

-나가타 씨.

-고다마 교이치의 동생과 폴린 제약의 사장이 우연히 성과 이름이 같을 가능성도 있기 때문이지.

듣고 보니 확실히 그랬다.

-하지만 거기까지 알았다면 결론에 이르기가 쉽지. 그 다음은 내가 맡을게.

두세 마디 더 나누고 레이는 휴대전화를 끊었다.

사흘 뒤 여느 때처럼 패밀리 레스토랑에서 레이는 나가타 유스케와 만났다.

"레이 양, 고마워. 요즘은 개인정보 보호법이 있어서 정당한 이유가 없는 한 시청에서도 호적을 보여주지 않아. 그래서 레이 양이 조사해준 내용이 커다란 도움이 됐어. 고다마 교이치의 동생 이름이 고다마 쿄우지라는 걸 알았고, 그 고다마 쿄우지가 고다마 교이치를 동경했다는 중요한 증언을 얻어낼 수 있었으니까."

"네."

"더구나 그 동생이 고다마 교이치와 같은 고등학교에 진학한 사실도 알려줬어. 그래서 후속 조사가 굉장히 쉬워졌지."

나가타 유스케는 가방에서 서류를 몇 장 꺼냈다.

"고다마 교이치의 동생 고다마 쿄우지는 형과 같은 도립 오메 고등학교에 진학했어. 이 사실은 중학교 선생님한테 들었어. 그리고 오메 고등학교 선생님에게 물었더니 고다마 교이치와 고다마 쿄우지 둘 다 도토 이과대학교에 진학했다는군."

나가타 유스케는 뒷받침이 되는 자료를 보여주면서 이야기를 이어나갔다.

"도토 이과대학교의 취업 지도 교수에게 이야기를 들었어. 고다마 교이치도 고다마 쿄우지도, 둘 다 폴린 제약에 입사한 적이 있다는데."

레이는 나가타 유스케의 조사력에 혀를 내둘렀다.

'과연 본업이 기자라서 다르구나.'

나가타 유스케는 계속해서 자료를 내놓았다.

"고다마 교이치는 그 뒤 폴린 제약을 나가서 에코푸드라는 식품 회사 연구원으로 취직해. 하지만 고다마 쿄우지는 폴린 제약에 남아서 획기적인 업적을 올리고 또 자사 주식을 대량으로 손에 넣고 마침내 폴린 제약 사장 자리까지 오르지. 어쩌면 여기에는 '십신성회'의 자금이 흘러들어갔는지도 몰라. 그리고 당시 폴린 제약의 사원 명부를 입수해왔어. 거기에 따르면 폴린 제약에 고다마 쿄우지라는 이름의 사원은 고다마 교이치의 동생 고다마 쿄우지밖에 없어. 요컨대 폴린 제약 사장인 고다마 쿄우지는 '십신성회'의 우두머리였던 고다마 교이치의 동생이란 게 증명된 셈이지."

"나가타 씨."

나가타 유스케는 레이의 눈을 보고 고개를 주억거렸다.

"레이 양 덕분이야. 하지만 폴린 제약 사장인 고다마 쿄우지가 '십신성회'의 고다마 교이치 동생이란 걸 알았더라도 그 사건이 이번 사건과 연관되었는지는 몰라."

"그렇죠."

"형이 테러 사건을 일으킨 건 동생과 관련이 없다고도 할수 있지."

"네."

"어쩌면 고다마 쿄우지는 형의 사건을 속죄하기 위해 알츠하이머병의 특효약 개발에 몰두했는지도 모르겠어. 그렇다면 오히려 칭찬을 받아야겠지. 그래서 경찰도 움직임을 보이지 않는지도 모르겠고. 아무튼 폴린 제약이라는 제약회사 주위에 알츠하이머병과 얽힌 테러 사건, 그리고 현재의 살인

사건 등이 존재한다는 것만은 확실해.”

나가타 유스케는 자료를 가방에 넣고 다른 자료를 꺼냈다.

“게다가 신경 쓰이는 건 폴린 제약의 알츠하이머병에 대한 신약 개발 속도가 이상할 정도로 빠르다는 점이야.”

“무슨 뜻인가요?”

“보통 약품 제조업체가 신약 하나를 개발해서 발매하기까지 10년 이상은 걸린다는군.”

“그렇게나 오래…….”

“개발 경비도 수백 억 엔이 들어. 그렇게 해서 비로소 후생 노동성 장관의 승인을 받을 수 있지. 신약 하나가 완성될 때까지 검토되는 화합물의 화학물질 숫자는 5천 개에 달해.”

레이는 나가타 유스케가 말한 숫자에 압도당했다.

“물론 후생노동성도 이대로 두어서는 안 된다는 걸 깨달았지. 치료의 효험을 빨리 알아내기 위해, 중점적으로 실험할 거점 병원을 늘리고 있어.”

신약의 제조, 판매를 하는 경우 제약회사는 일단 병원에서 치료의 효험을 실험하고 후생노동성의 승인을 얻어야 한다. 하지만 일본에는 치료의 효험을 실험하는 데 충분히 대응할 수 있는 병원의 숫자가 턱없이 부족하다.

“지금은 고령화 사회라서 노인을 위한 의약품 개발이 점점 중요해지고 있어. 그 때문에 약품 제조업체는 새롭게 합성된

화합물과 천연물질 등의 정보에 언제나 눈에 불을 켜고 있지. 그렇게 모은 정보와 독자적인 연구로 의약품의 소재가 될 만한 물질을 선별하는데 그때부터 또 긴 세월이 걸리는 거지. 그런데."

"너무 빠른가요? 폴린 제약의 신약 개발 속도가."

나가타 유스케는 고개를 끄덕였다.

"너무나도 빨라. 우연이 거듭되어 비약적인 속도로 실현되었는지도 모르겠고 연구원이 천재적인 능력을 발휘했을 가능성도 있어. 하지만 이번에 여러 가지 사건을 되짚어보면 뭔가 내막이 있을 거라고 생각해."

"그 뭔가가……."

"레이 양. 그 때문에 너희 아버지가 살해당했어. 그리고 몇 사람이 더 목숨을 빼앗겼지. 레이 양은 더는 어설프게 움직이지 않는 편이 좋겠어."

"루비앙의 비밀을 밝혀내고 싶어요."

"뒷일은 내가 맡을게. 나는 이래 봬도 기자야. 그게 일이지. 더구나 사건에 대해서는 경찰도 움직이고 있어. 맡겨두는 편이 좋아."

"나가타 씨. 아버지는 루비앙이라는 말을 저에게 했어요. 그 비밀을 밝힐 수 있는 사람은 저밖에 없어요."

레이는 나가타 유스케의 눈을 힘주어 바라보았다.

호텔 객실에서 레이는 요코에게 나가타 유스케와 함께 조사한 고다마 교이치와 고다마 쿄우지의 관계를 모조리 이야기했다.

"정말 애썼구나, 레이야."

"아니야."

"하지만 위험한 일은 그만두렴."

요코는 레이의 손에 자신의 손을 포갰다.

"알고 있어. 위험한 일은 하지 않을게."

요코는 레이의 눈을 보고 고개를 끄덕였다.

"상대는 사람의 목숨을 하찮게 여겨. 쉽사리 사람을 죽이고 더구나 집에 불까지 지르고."

요코의 목소리가 파르르 떨렸다.

"엄마, 집은 어떻게 되는 거야?"

"엄마가 보험을 확실히 들어놨으니까 보험금으로 다시 지으려고."

"다행이야."

"아버지한테 감사해야 해."

레이는 대답하지 않았다.

휴대전화 벨소리가 울렸다. 요코가 액정 화면을 봤다.

"모르는 사람이네."

그렇게 말하면서 요코는 휴대전화를 귀에 갖다 댔다.

"네. 예? 무슨 말씀인가요?"

레이는 고개를 갸웃거리며 요코를 봤다.

"당신은 누구죠?"

뭔가 문제라도 있는 걸까.

"그건 곤란합니다. 돌아가세요."

"왜 그래?"

요코가 휴대전화를 잠시 귀에서 뗐다.

"정수기 판매사원이래. 만나고 싶다는 구나. 벌써 여기 호텔 로비에 와있대."

"어?"

"만나지 않겠습니다."

다시 요코는 휴대전화를 귀에 갖다 댔다.

"어떻게 이 전화번호를 알고 있죠?"

요코의 목소리가 단호해졌다.

"네? 남편이?"

"뭐야?"

"하고 싶은 말이 있다는구나. 네 아버지랑 아는 사람이라는대."

"만나자."

레이가 일어났다.

"그 사람과 관련이 있는 사람이라면 만나야 해. 범인의 윤곽이 드러날지도 몰라."

"하지만 모르는 사람이란다. 위험해."

"호텔 로비야. 아무 짓도 할 수 없어."

요코도 마침내 고개를 끄덕였다. 로비에서 만나기로 하고 휴대전화를 끊었다.

"하지만 정수기 판매사원이라니 어떻게 된 걸까. 네 아버지랑 어떤 관련이 있을까?"

미심쩍어하면서 두 사람은 1층 로비로 내려갔다. 로비 한가운데 놓인 소파에 양복을 입은 중년 남성이 앉아 있었다.

"저기."

말을 걸자 남자가 뒤를 돌아다봤다.

"혹시 기타모토 씨?"

당황한 기색으로 일어나 굽실굽실 인사를 했다.

"무슨 일이죠? 어떻게 제 전화번호를 알고 있나요?"

"나가타 씨에게 들었습니다."

"네?"

"음, 앉으세요."

요코와 레이는 남자의 정면에 나란히 앉았다.

"저는 이런 사람입니다."

남자는 요코에게 명함을 건넸다.

미라클 클린 판매

영업 제3과 오사라기 시게루

요코는 유심히 명함을 바라봤다.

"오사라기 씨."

"맞게 읽으시네요. 대개 오사라기(大仏)를 다이부츠라고 읽더군요."

"실례합니다만 남편과는 어디서?"

"어디선가 만난 것 같은 기분이 드는데."

레이가 중얼거렸다.

"오사라기 씨, 전에 만난 적 없어요?"

"있습니다."

오사라기는 기쁜 듯이 웃었다.

"어디서요?"

"기타모토 히데키 씨 장례식 때."

"죄송합니다. 생각이 안 나는군요."

요코가 미안한 듯 말했다.

"무리도 아닙니다. 그때랑 지금은 옷차림이 상당히 다르거든요."

"아!"

레이가 소리를 질렀다.

"노숙자……."

"어?"

요코가 의심스러운 듯 레이를 보았다. 오사라기는 쑥스러운지 머리를 긁적였다.

남자는 신주쿠 중앙공원을 본거지로 삼았던 노숙자 오사라기, 통칭 부처였던 것이다.

19

진 마사유키는 망설이고 있었다.

'최근 니시가타 사토미 씨에게는 어딘가 이해가 가지 않는 점이 있어.'

예를 들어 만나기로 한 기타모토 요코의 집에 마음대로 들어갔던 점……. 또 요즘 자신의 책상 서랍에 뭔가를 집어넣는 기색도 있었다. 가장 위쪽, 열쇠로 잠겨 있는 서랍. 진 마사유키는 그 서랍을 물끄러미 바라보았다.

'그녀는 뭔가 알고 있어.'

그게 뭘까. 책상 안에 해답이 있을지도 모른다.

진 마사유키의 오른손에는 철사가 들려 있었다. 고등학생 시절 호기심으로 철사를 이용해서 열쇠 따기에 도전한 적이 있었다. 자기 책상 서랍이었다. 그 결과 아주 간단하게 열렸다. 나쁜 친구들 가운데 열쇠 따기 기술은 진 마사유키가 최고였다. 지금도 서랍 정도의 열쇠구멍이라면 철사 하나로 간단히 열 자신이 있다. 니시가타 사토미는 이미 퇴근했다.

진 마사유키는 철사를 열쇠구멍에 가까이 가져갔다.

니시가타 사토미가 기타모토 히데키의 살인사건과 관련된 어떤 비밀을 알고 있다면……

확인하지 않고는 견딜 수가 없었다.

진 마사유키는 철사를 열쇠구멍에 넣었다. 한동안 철사를 꼬물꼬물 움직이자 딱 하는 소리가 들리고 서랍이 열렸다.

진 마사유키는 서랍을 열었다. 안에는 누런 서류봉투가 보였다. 진 마사유키는 휙 그 봉투를 손에 집어 들었다. 그다지 시간을 들이지 않고 내용물을 꺼냈다.

"아!"

진 마사유키는 엉겁결에 소리를 질렀다. 쏜살같이 뒤를 돌아다봤다. 아무도 없는 걸 확인하고 고개를 돌렸다. 봉투에서 나온 건 사진 한 장이었다. 거기에는 기타모토 히데키와 노시로 루미가 함께 걷고 있는 모습이 찍혀 있었다.

"뭐하고 있어요?"

억양 없는 목소리가 들렸다. 뒤를 돌아보니 니시가타 사토미가 차가운 얼굴로 진 마사유키를 바라보고 있었다.

레이는 어떻게든 놀라움을 누그러뜨리려고 아이스티를 입에 머금었다.

"그래요. 맞습니다. 당시 저는 신주쿠 중앙공원에서 노숙자로 있었습니다."

그때 그 노숙자가 직업을 얻어 사회에 복귀했으리라고는 생각조차 못했다.

"정말인가요?"

요코가 오사라기를 빤히 바라보며 물어보았다.

"엄마, 실례야."

"괜찮아요. 누구나 다 놀라는 걸요. 더구나 막무가내로 장례식에 쳐들어가고 틀림없이 달갑지 않았을 겁니다. 정식으로 사과드립니다."

"아니에요."

요코 쪽이 당황했다.

"도쿄 도의 복귀 지원 대책으로 아파트와 일거리를 얻었습니다. 저도 예순 가까이 되기 때문에 공원에서 노숙하는 게 괴로웠어요. 결심하고 신세를 지기로 했습니다. 일은 처음에는 육체노동이었어요. 일당이 들어오니까 날마다 옷차림을 단정하게 가다듬을 수 있었어요. 무엇보다 날마다 목욕할 수 있다는 게 고마웠어요. 수염도 깎았더니 어쩐지 제가 어엿한 사회인으로 돌아간 기분이 들더라고요. 큰맘 먹고 직업을 바꿨습니다."

"그래서 지금은 정수기 판매사원을."

"별로 많이 팔리지는 않지만 월급이란 걸 오랜만에 받았습니다."

"그랬군요. 아무튼 대단하세요."

요코가 가까스로 평정을 되찾고 감탄한 듯 말했다.

"저는 회사 차로 돌아다녀요. 휴대전화도 회사에서 빌렸습니다."

명함에는 회사 전화번호와 휴대전화번호가 적혀 있었다.

"그래서 오늘은 기타모토 선생님에 대해 감사 인사를 할 겸 조금이나마 추억을 이야기하려고 왔습니다."

요코는 고개를 끄덕였다.

"남편과는 어떤 계기로 알게 되었나요?"

"공원에서 말을 붙여줬습니다. 우리에게 말을 붙여주는 사람은 거의 없거든요. 저는 비뚤어진 사람이라 말을 붙여줘도 반가운 내색은 하지 않았지만 내심 정말 기뻤습니다. 그래서 이야기도 나누게 되었지요."

"그랬습니까."

"외부인과 친해진 건 두 사람 뿐이었어요."

"두 사람이요?"

"네. 한 사람 더 말을 붙여준 사람이 있었어요."

"어떤 사람이죠?"

레이는 엉겁결에 물었다. 신경 쓰이는 일은 뭐든 거리낌 없이 물어보자. 그런 결심이 생겼기 때문에 바로 물었던 것이다.

"쿠로토비 씨라고 양복을 입은 훌륭한 사람입니다. 아니, 뭐 양복을 입지 않은 사람은 훌륭하지 않다는 건 아닙니다."

레이는 싱긋 웃으며 고개를 끄덕였다.

"기타모토 선생님처럼 구깃구깃한 옷을 입어도 훌륭한 사람은 있죠. 아, 미안해요."

"괜찮아요."

요코가 대답했다.

"남편은 정말로 차림새에 관심이 없었어요."

"기타모토 선생님을 노숙자로 착각해서 말을 건넨 적도 있어요."

"불쾌해요."

레이는 정말로 불쾌한 표정을 지었다.

"아, 죄송합니다."

바로 눈앞에 있는 오사라기가 불과 얼마 전까지만 해도 노숙자였다는 사실을 떠올렸다.

"신경 쓰지 마세요."

오사라기는 웃었다.

"쿠로토비라는 사람은 어떤 사람인가요?"

"자세한 건 모르지만 조사를 하고 있다고 했습니다."

"조사?"

"건강에 대한 조사일 겁니다."

레이와 요코는 얼굴을 마주보았다.

"왜 그러세요?"

"좀 더 자세하게 알려주실래요?"

'건강'이란 말이 마음에 걸렸다.

"우리 건강을 위해 건강보조식품을 주기도 하고."

"건강보조식품이라고요?"

"게다가 영양상태가 안 좋은 사람에게는 주사도 놔주었습니다."

"주사?"

"네."

"오사라기 씨도 맞았나요?"

"아니요. 주사는 아주 싫어하거든요."

"주사를 맞은 사람은 어디서 맞았나요?"

"왜건에서요. 쿠로토비 씨는 언제나 왜건을 타고 오거든요. 왜건에 태워 다른 장소로 데려간 사람도 있었어요."

"그 사람들과 연락이 되나요?"

"안 돼요. 다들 공원에서 사라졌어요. 친했던 노숙자 동료인 예수라는 남자도 사라졌어요."

"예수 씨라고요?"

"아, 사는 집을 뜻하는 '이에(家)'에 스도우(須藤) 할 때의 '스(須)', 이에스, 그래서 별명이 예수가 된 것 같아요."

여러 가지 사실이 레이의 머릿속에서 소용돌이치고 있었다. 모두 따로따로 흩어져 있고 모두 어딘가에서 연결되어 있는 듯한 느낌이 들었다.

"저기, 레이야."

요코의 목소리를 듣고 레이는 정신을 차렸다.

"네 아버지가 죽은 뒤 바로 찾아왔던 은행원."

"아아."

떠올랐다. 코스모 은행의 명함을 갖고 있지만 코스모 은행에 그런 은행원은 없었다.

"그 사람, 이름이 시라이시였지?"

분명 시라이시였던 것 같은 느낌이 들었다.

"백과 흑. 어쩐지 관련이 있을 것 같지 않아? 시라이시(白

石)와 쿠로토비(黑飛)라니."

요코의 말에 레이는 고개를 끄덕였다. 중앙공원이라는 장소는 아버지와의 접점이기도 하다.

"쿠로토비 씨에 대해 달리 뭔가 아는 사실은 없어요? 예를 들어 왜건 번호판이라든가. 어쩌면 그 차가 부정과 관련되어 있는지도 몰라요."

"음. 신경을 쓰지 않아서."

오사라기는 그밖에도 뭔가 떠올리려고 했지만 더는 아무것도 생각나지 않았다. 레이는 앞으로 차를 처음 탈 때는 번호판을 기억해 두겠다고 마음먹었다.

"그럼 이쯤해서."

오사라기가 일어섰다.

"선생님은 정말로 좋은 사람이었습니다. 악의가 있는 사람이 아니에요. 들풀을 정말로 좋아하는 걸 보면 알 수 있어요."

요코가 고개를 끄덕거렸다.

"그럼 또."

오사라기가 출구로 향했다.

"오사라기 씨. 나중에 집을 다시 지을 거예요. 그때 정수기 부탁드려요."

"고맙습니다."

오사라기는 웃음을 지으며 사라졌다.

레이는 진 마사유키가 불러서 기타모토 연구실에 얼굴을
내밀었다.

　그곳에는 니시가타 사토미도 있었다.

　진 마사유키는 웃으면서 비커에서 따른 커피를 대접했다.
진 마사유키의 옆에는 굳은 표정을 한 니시가타 사토미가 앉
아 있었다. 레이는 두 사람의 정면에 앉았다.

　"미안해, 불러내서."

　"아니에요."

　"오해가 풀렸어."

　"네?"

　"오해라고 하면 어폐가 있을지도 몰라. 나는 딱히 니시가
타 씨를 의심하지는 않았어. 다만 이해가 가지 않는 점이 몇
가지 있었을 뿐이야. 그러니까 그 점을 설명한다면 내가 품은
의문은 모두 사라지는 거지."

　"저기, 무슨 이야기죠?"

　레이는 당황했다.

　"미안 미안. 느닷없이 이야기하니 잘 모르겠지."

　진 마사유키는 커피를 홀짝홀짝 마셨다.

"맛있다. 나는 모카의 신맛이 좋아."

그렇다면 비커가 아니라 커피메이커를 사면 좋을 텐데 하고 레이는 생각했다.

"사실은 미안하게도 너희 아버지의 살해사건에 대해 니시가타 씨가 어떤 정보를 알고 있지 않나 하는 의심을 떨칠 수가 없었어."

레이는 뭐라고 대답하면 좋을지 알 수 없었다. 니시가타 사토미를 눈앞에 두고 진 마사유키는 어떻게 이다지도 노골적으로 이야기하는 걸까. 오해가 풀렸기 때문에 말할 수 있는 걸까.

"니시가타 씨는 너희 집에 몰래 들어간 적이 있었지."

"미안해."

니시가타 사토미가 고개를 숙였다.

"하지만 그건 니시가타 씨도 어떻게든 범인을 잡고 싶다는 생각이 강해서였어. 그 정도로 우리는 기타모토 선생님을 그리워했거든."

어느새 진 마사유키는 얼굴에서 웃음이 사라지고 숙연한 말투가 됐다.

"그리고 어딘지 모르게 수상해보였던 니시가타 씨의 행동은 모두 범인을 잡고 싶은 마음에서 나왔던 거지."

니시가타 사토미는 고개를 끄덕였다.

"나 역시 니시가타 씨를 의심하고 도저히 해서는 안 되는 짓을 해버렸어. 니시가타 씨의 소지품을 마음대로 뒤졌어. 그건 너희 집에 마음대로 들어갔던 니시가타 씨의 행동과 같은 정도로 나쁜 짓이지. 지금은 반성하고 있어. 하지만 그 덕분에 오해가 풀렸어."

"그 내용을 알려주세요."

진 마사유키는 아까부터 좀처럼 본론으로 들어가려고 하지 않았다.

"알았어."

"레이 양에게는 다소 괴로운 이야기가 될지도 모르겠어."

"네?"

"제가 이야기할게요."

니시가타 사토미가 입을 열었다.

"언젠가 내가 레이 양 아버지와 어떤 여자가 커피숍에 있는 모습을 봤다고 이야기했지."

"네. 변호사 노시로 루미 씨예요."

"그래. 그때 단순히 '기타모토 선생님을 봤다'고 했지만 사실은 바로 뒷자리에 앉았기 때문에 두 사람이 하는 이야기를 거의 다 들었어."

레이는 심장이 꽉 하고 움켜잡힌 듯 숨이 탁 막히는 걸 느꼈다. 니시가타 사토미는 뭔가 중대한 이야기를 하려는 건지도 모른다.

"저기 레이 양. 놀라지 말고 들어."

"네."

"기타모토 선생님과 노시로 루미 씨는 짐작대로 연인 사이였어."

커피잔을 들면서 니시가타 사토미의 눈은 똑바로 레이를 꿰뚫어보고 있었다.

20

고다마 쿄우지의 별장에 쿠로토비 에이토가 와 있었다.

"고다마 씨. 당신의 목적은 도대체 뭡니까?"

"돈을 버는 거지."

쿠로토비 에이토가 웃었다.

"확실해서 좋군요."

"모든 기업의 목적은 이익을 올리는 거야. 달리 또 뭐가 있겠어?"

"분명 그렇죠. 하지만 당신의 방법은 너무 조급합니다."

"회사는 당장 이익을 올리지 않으면 무너져버릴 듯한 위험한 상태야."

"그렇다고 해도, 하는 일이 정당하지 않습니다."

"정당하면 살아남을 수 없어. 더구나 이번 신약이 발매되면 폴린 제약은 일본의, 아니 세계 최고 기업이 될 수 있어. 그 정도로 거대한 프로젝트란 말이지."

"당신은 고다마 교이치의 동생이잖습니까."

고다마 쿄우지의 눈썹이 꿈틀거렸다.

"당신도 고다마 교이치와 같은 생각을 하고 있는 건가요?"

일본을 수중에 넣으려고 했던 광신적인 테러리스트, 고다마 교이치.

"그런 생각은 안 해."

고다마 쿄우지는 딱 잘라 말했다.

"막대한 이익을 올리고 싶어. 그뿐이야. 형은 테러로 일본을 지배하려고 했지만 나는 돈으로 일본을 지배해보이겠어."

"역시 똑같잖아요."

"방법이 전혀 달라. 나는 합법적으로 일본을 지배하려는 거라고."

"합법적이라. 웃음이 나는군요."

"다소 형의 방식을 참고했지만. 어디까지나 참고일 뿐이야. 나는 형을 뛰어넘는 존재가 될 거라고."

쿠로토비 에이토는 또 웃었다.

"쿠로토비. 자네 부하는 괜찮나? 잡힐 만한 실수는 하지 않겠지?"

"걱정하지 마세요."

"기타모토의 딸이 움직이고 있어. 눈엣가시야. 제거해."

"알겠습니다."

"합법적으로."

고다마 쿄우지는 손짓을 해서 쿠로토비 에이토를 방에서 쫓아냈다.

레이는 니시가타 사토미의 시선에서 눈을 뗄 수 없었다.

"그때 노시로 루미 씨가 기타모토 선생님에게 '들풀을 사랑하는 사람 가운데 나쁜 사람은 없어요' 하고 말한 걸 똑똑히 들었어."

"그건 일반적인 의미잖아요?"

"나도 처음에는 그렇게 생각했어."

니시가타 사토미의 말투에는 흔들림이 없었다.

"하지만 그 뒤에, 두 사람은 지금 생각하면 엄청난 이야기를 나누고 있었어."

어떤 대화였냐고 물으려다가 망설였다. 묻는 게 무서울 것 같은 기분도 들었다.

"노시로 루미 씨는 폴린 제약의 고문 변호사가 됐지."

"네."

"그런데 그건 사전에 계획한 일이었어."

"네?"

어떻게 된 걸까.

"노시로 루미 씨는 기타모토 선생님과 짜고 폴린 제약에 들어간 거지."

아직 확실하게 상황이 파악되지 않았다.

"그러니까 말이지. 기타모토 선생님은 폴린 제약에 뭔가 정당하지 않은 게 있음을 느꼈어. 그 비밀을 찾아내려고 노시로 루미 씨에게 잠입조사를 의뢰한 거라고."

"설마."

"정말이야."

니시가타 사토미는 담배를 피우려는 듯한 동작을 취했다. 하지만 연구실 안은 금연이라는 사실이 떠올랐는지 커피를 홀짝홀짝 마셨다.

"두 사람은 소곤소곤 이야기했지만 내가 바로 뒤에서 귀를 쫑긋 세우고 들어서 내용을 알 수 있었어. 선생님은 노시로 루미 씨에게 '해주겠어?' 하고 다짐을 받았어."

레이는 말문이 막혔다. 설마 아버지가 그렇게까지 했을 줄이야······.

"레이 양."

진 마사유키가 웃음을 거두고 말을 건넸다.

"여러 가지 한꺼번에 들어서 머리가 혼란스럽겠지. 노시로 루미 씨가 폴린 제약과 관련을 맺은 건 기타모토 선생님의 지시였다는 점. 그리고 기타모토 선생님과 노시로 루미 씨가 깊은 관계였다는 점."

그 점에 레이는 그다지 낙담하지는 않았다. 원래 싫어했던 아버지였다. 하지만 어머니가 그 이야기를 들으면 상당히 충격을 받을 것이다.

"하지만 그건 어디까지나 정의감이 강한 학자와 변호사가 뜻을 모아서 부정을 폭로하려고 한 건지도 모르잖아요."

니시가타 사토미가 고개를 좌우로 흔들었다.

"레이 양. 두 사람은 손을 잡고 있었어."

니시가타 사토미는 사진 한 장을 레이에게 보여주었다.

"밖으로 나가고 나서 무심코 휴대전화로 찍었어. 나, 사진 찍는 게 버릇이라서."

그 사진에는 놀랍게도 기타모토 히데키와 노시로 루미가 찍혀 있었다.

자세히 보니 니시가타 사토미가 꺼낸 사진의 배경은 러브 호텔처럼 보였다.

레이는 호텔로 가서 연구실에서 들은 이야기를 남김없이
어머니에게 했다.

감춰봤자 소용없다고 마음을 먹었기 때문이다. 방에서 차
를 마시면서 이야기했고, 요코는 묵묵히 고개를 끄덕였다.

"엄마는 네 아버지를 믿는단다."

"엄마."

"네 아버지는 그렇게 약삭빠른 사람이 아니니까."

요코는 충격을 받은 모습도 보이지 않고 담담하게 이야기
했다.

"요령이 없는 사람이야. 만약에 노시로 루미 씨 쪽이 네 아
버지를 사모했다면 손을 잡는 정도는 했을지도 몰라. 하지만
네 아버지는 거기에 흔들리는 사람이 아냐."

요코의 말에는 혼란스러움이 느껴지지 않았다.

"그러니까 나는 러브호텔 옆으로 지나간 것도 우연이라고
생각해."

"하지만."

"만일 그런 관계였다고 해도 네 아버지를 탓할 수는 없어.
네 아버지를 쫓아낸 사람은 나였으니까. 말했잖니. '나가'라

고 했더니 정말로 나가버렸다고."

요코는 쓸쓸해 보이는 웃음을 지었다.

"그 무렵 나는 직장과 가정 둘 다 지키려고 필사적이었어."

요코는 차를 한 모금 마셨다.

"우리 두 사람에게 공통점은 하나뿐이었어. 레이, 너를 가장 소중하게 생각했다는 점. 하지만 소중하게 대하는 방식이 달랐어. 나는 어쨌든 너를 위해 공부, 공부했던 거란다. 그런데 네 아버지는 달랐어. 공부라는 말은 한 마디도 꺼내지 않았어."

"그런 걸 방임이라고 하지 않아?"

"그런 면이 있을지도 모르지. 네 아버지는 무엇보다 연구가 소중했으니까. 언제나 연구에 시간을 쏟았어. 그래서 집에 있어도 의미가 없었지. 그런 생각에 '나가'라고 말해버렸단다. 레이, 네 교육에 흥미를 보이지 않는 네 아버지에게 짜증이 났어."

"하지만 부부 싸움할 때 무심코 한 말을 진지하게 받아들이고 정말로 나가버리다니."

"놀랐단다. 나가지 않기를 바랐어. 진심으로 한 말이 아니었으니까. 하지만 이미 오기가 나서 그때는 둘 다 물러서기 어려웠다고 생각해."

레이는 한숨을 내쉬었다.

"그 후에도 몇 번이나 서로 이야기했지만 결국 '잠시 거리를 두자'는 말이 나왔단다. 엄마가 전보다 더욱 일에 매달렸던 건 그 일이 있고 나서야."

"이제 됐어."

어머니의 쓸쓸함도 레이는 조금 알 것 같은 기분이 들었다.

"그것보다 범인에 대해 생각해보자고."

"응."

"그 사람이 폴린 제약에 변호사를 잠입시켰다면 상당히 엄청난 사실을 파악하고 있었던 게 아닐까."

"엄청난 사실이라니?"

"그건 모르지만."

"하지만 레이. 그렇다면 범인이 폴린 제약 사람이 되는 거잖니?"

"그렇게 되겠지."

"그렇지만 폴린 제약은 일류기업이야."

"테러 조직과 관련이 있어."

"하지만 그것만으로는 뭐라고 할 수 없어. 테러리스트 형을 숭배했다는 건 증거가 안 돼."

"증거 같은 게 나올까?"

"네 아버지가 뭔가를 알아냈다는 건 틀림없어. 아니었다면 살해당했을 리가 없지."

레이는 고개를 끄덕였다.

"그리고 그건 폴린 제약의 악행을 증명하는 증거야. 집이 불타버린 건 범인 측이 그 증거를 통째로 은멸하려고 했던 게 아닐까."

"증거가 불타버렸어?"

요코는 고개를 가로저었다.

"집안은 내가 샅샅이 뒤졌단다."

"엄마……."

"사실은 레이, 네가 없을 때도 신경이 쓰여 줄곧 뒤졌어."

"뭐라도 찾아냈어?"

"아무것도 못 찾았단다. 그러니까 네 아버지가 알아낸 증거는 아직 어딘가에 숨겨져 있어. '루비앙'이란 말은 숨긴 장소를 가리키는 걸 거야."

레이는 침을 꿀꺽 삼켰다.

"레이. 잘 생각해 봐. 네 아버지가 죽기 직전에 너에게 한 말이라면 너는 그 의미를 알 수 있을 거 같구나. 그러니까 잘 생각해보렴."

"생각하고 있어. 그 사람이 죽고 나서 줄곧. 하지만 도무지 모르겠어."

"네 아버지와의 추억을 떠올려보렴. 중요한 일이란다."

어린 시절. 아직 아버지를 몹시 좋아하던 무렵…….

"뭔가 약속했던 것 같은 느낌이 들어."

"약속?"

"응. 들꽃에 대한 약속."

"뭐니? 그건."

"떠오르지가 않아. 아마도 내가 유치원 때였을 것 같은데."

"떠올려봐."

레이는 눈을 감았다.

"떠올리려고 하지만 안 돼."

"요코는 상냥한 눈으로 고개를 끄덕였다.

"천천히 생각해보면 돼."

"그럴 시간이 없을지도 몰라."

"레이……."

"그러니까 범인은 살인조차 꺼리지 않는 일당이잖아."

"그렇지."

"야쿠자일까?"

요코는 뭔가를 생각했다.

"저기 레이. 범인은 좀 더 가까이에 있는 사람일 거라는 기
분이 드는구나."

"어?"

"그게 그렇잖니. 범인은 네 아버지의 집에 쉽게 들어갔어.
경찰도 말했잖아. 아는 사람이 범인이 아닌가 하고."

"응. 그래서 내가 의심을 받았지. 하지만 그 사람과 친한 사람이 왜 그 사람을 죽여야 했을까?"

"폴린 제약에서 부탁을 받았다면……."

레이는 어머니의 얼굴을 말똥말똥 바라봤다.

"무슨 뜻이야?"

"이번 사건과 폴린 제약이 관련되어 있다는 건 일단 틀림없지."

"응."

"하지만 그 사람과 가까운 사람 가운데 폴린 제약 관계자는 없어."

"우치노 타츠오 씨는?"

"분명 네 아버지랑 대학시절에 연구를 하던 친구 같은데 지금은 가까운 사람이라고는 하기 어렵지. 연락도 아마 20년 가까이 하지 않았을 텐데. 게다가 세상을 떠나버렸고."

"그것 자체도 묘한 이야기라고 생각해."

요코는 고개를 끄덕였다.

"결국 그 사람 주변에 폴린 제약과 관련이 있는 사람은 눈 씻고 찾아 봐도 없어. 그렇다면 돈으로 부탁을 하지 않았을까 하는 거란다."

"부탁을 하더라도 폴린 제약과 전혀 관련이 없는 사람에게 부탁을 하지는 않았을 텐데?"

요코는 잠시 생각하고 나서 "그렇겠지" 하고 말했다.

"조금은 관련이 있기 때문에 부탁할 수 있었겠지. 으음. 관련은 생각했던 것보다 깊을지도 몰라."

"레이……."

"그러니까 살인까지 저지른 거야."

"그런 사람이 네 아버지 주변에 있을까?"

레이는 뭔가를 곰곰 생각했다.

"다시 한 번 폴린 제약에 가볼게. 폴린 제약 사람에게 이야기를 듣지 않으면 진실은 보이지 않을 거라 생각하니까."

"나도 갈게."

"엄마."

"폴린 제약이 이번 사건과 관련되어 있다면 레이, 너 혼자 가게 하는 건 위험해."

거절하려고 했지만 레이는 어머니의 말이 무척 믿음직스럽게 느껴졌다.

레이와 요코는 폴린 제약 면회실에서 쿠마자와 요시히코와 마주했다.

"무슨 용건인가요?"

쿠마자와 요시히코는 명백하게 불쾌해 보였다.

"폴린 제약이 지금 개발하는 신약에 대해 알고 싶은 게 있어요."

"뭣 때문이죠?"

"아버지의 죽음과 관계가 있을 것 같은 느낌이 들어서요."

쿠마자와 요시히코는 '영문을 알 수 없다'고 말하려는 듯 눈을 둥그렇게 뜨고 레이를 응시했다.

"폴린 제약에서는 알츠하이머병의 특효약을 개발하고 있다고 들었어요."

"분명 대중매체 등에 이미 발표가 났죠. 하지만 그 점에 대해 알고 싶다면 홍보실에 물어보세요. 연구원인 제 상황에서는 아무것도 할 말이 없습니다."

"우치노 타츠오 씨가 돌아가셨죠."

쿠마자와 요시히코는 눈을 가늘게 떴다.

"그것도 신약 개발과 관련이 있나요?"

"홍미 위주의 잡담을 하려면 돌아가십시오. 이래 봬도 바쁘거든요."

"우치노 타츠오 씨는 대학시절에 남편과 동창이었어요."

"들었습니다. 하지만 그것과 죽은 것이 무슨 상관이 있습니까?"

"두 사람 다 살해당했거든요."

쿠마자와 요시히코는 잠시 말문이 턱 막혔다.

"대학 시절, 남편은 큰개불알풀 연구를 했다고 해요."

쿠마자와 요시히코는 입을 굳게 다문 채로 있었다.

"'은행잎 플러스'에는 큰개불알풀의 성분이 포함되어 있습니다. '은행잎 플러스'에는 노인의 두뇌 활동을 또렷하게 하는 효과가 암시되어 있어요. 요컨대 개발 중인 알츠하이머병의 특효약과 관련이 있는 거죠. 그리고 특효약은 지금 엄청나게 빠른 속도로 상품화가 될 예정이라고 들었어요. 어떻게 그렇게 빨리 개발할 수 있었을까요?"

"무슨 의미입니까?"

"알고 싶어요. 진실을. 알려주세요. 폴린 제약에서는 어떤 실험을 하고 있었던 건가요."

"입 다물어!"

쿠마자와 요시히코가 일어나서 고함을 쳤다.

레이는 심장이 멎지 않을까 걱정될 정도로 소스라치게 놀랐다. 요코도 할 말을 잃었다. 여자 둘은 좁은 면회실 안에서 몸을 웅크리고 있었다.

왜 쿠마자와 요시히코는 고함을 쳤을까? 레이가 우연히 한 말 가운데 진실과 관련되어 있는 게 있을까?

쿠마자와 요시히코는 면회실 구석에 있는 내선 전화 버튼을 눌렀다.

"손님 가신대."

전화를 끊고 쿠마자와 요시히코는 레이와 요코 쪽으로 몸을 돌렸다.

"죄송합니다."

간신히 진정이 된 듯했지만 아직 숨소리가 거칠었다. 레이도 요코도 잠자코 쿠마자와 요시히코를 바라봤다.

"자동차를 준비했습니다. 호텔까지 바래다 드릴 겁니다."

"괜찮아요."

가까스로 요코가 대답했다.

"사양하지 마세요. 매정하게 대해서 이상한 소문이 나면 안 된다고 홍보부에서 판단한 모양입니다."

"하지만."

"말을 듣지 않으면 제가 화를 낼 겁니다."

쿠마자와 요시히코가 강요하다시피 해서 레이와 요코는 현관 앞에서 렌터카를 탔다.

"코스모폴리탄 호텔까지 부탁드립니다."

쿠마자와 요시히코가 창문 너머로 운전사에게 말했다.

"알겠습니다."

대답을 한 운전사는 쿠로토비 에이토였지만 레이와 요코는 눈치 채지 못했다.

21

벽에 걸린 시계를 보니 오후 5시가 넘었다.

니시가타 사토미는 책상 위를 정리하기 시작했다.

"벌써 돌아가?"

진 마사유키가 말을 걸었다.

"조금 일이 있어서요."

"그래."

진 마사유키는 웃는 얼굴을 보였지만 살짝 쓸쓸한 듯한 웃음이었다.

"미안해요, 빨리 가서."

"아냐. 괜찮아."

아직 일하고 있는 진 마사유키를 뒤로 하고 니시가타 사토미는 연구소를 나섰다. 대학교 캠퍼스를 빠져나가 역을 향해 걸어가는 도중에 니시가타 사토미는 전화박스로 들어갔다. 수첩을 꺼내서 선반 위에 놓았다. 그리고 잔돈을 꺼내 전화기에 넣고 번호를 눌렀다. 휴대전화를 갖고 있을 터이지만 메모를 하기 쉽도록 전화박스를 이용한 건지도 모른다. 잠시 뒤에 이야기를 하기 시작했다.

"여보세요. 저는 니시가타 사토미라고 하는데요. 아야 씨인가요?"

전화 상대는 레이의 친구인 이마하리야마 아야인 듯했다.

"자세하게 알려주세요. 기타모토 레이에 대해."

니시가타 사토미는 메모를 하기 시작했다.

렌트카를 탄 지 얼마 안 되어 요코는 잠이 들어버렸다.

'어지간히 피곤하셨나 보네.'

요코의 잠든 얼굴을 보고 레이는 그렇게 생각했다.

'무리도 아냐.'

남편이 죽었다. 그리고 딸이 습격을 당했다. 두 가지 사건 다 범인이 아직 잡히지 않았다. 집도 화재로 불타버렸다. 정신적인 피로는 상상 이상일 것이다. 남편이 죽은 지금, 딸을 지킬 수 있는 사람은 자신뿐. 책임감이 강한 요코이므로 그런 생각을 골똘히 하고 있을 거란 점은 그리 상상하기 어렵지 않았다.

레이는 시선을 옮겨 거리를 바라봤다. 자동차로 이미 30분 이상 달렸을 것이다.

'조금 오래 가네.'

레이는 그렇게 느꼈다. 그다지 먼 장소가 아니라서 슬슬 도착할 때가 되었는데 이상하다. 길이 막히는 것도 아니다. 레이는 무심히 길 위쪽에 설치되어 있는 표지에 눈길을 주었다.
'이노카시라 토오리'라는 문자가 보였다.

'아니야.'

자동차는 다른 길을 달리고 있었다.

"저기."

레이는 운전사에게 말을 건넸다.

"길이 다른 거 같은데요?"

"아니요. 맞습니다."

"하지만."

요코가 눈을 떴다.

"엄마, 이 길."

레이의 말을 듣고 요코가 창문으로 주위를 둘러보았다.

"어디로 가는 건가요?"

다소 위험을 감지한 목소리로 운전사에게 물었다

"이노카시라 토오리입니다. 평소에 가는 길은 혼잡해서요."

레이는 가방에서 휴대전화를 꺼내 전화번호목록을 찾았다. 바로 전날 등록한 오사라기 시게루의 번호를 눌렀다. 전화는 금세 연결되었다.

-여보세요.

-네. 오사라기 시게루입니다.

-저기, 저는 기타모토예요. 기타모토 레이.

-아아. 지난번에 반가웠어요.

-정수기 문제로 여쭙고 싶은 게 있어요.

자동차가 빨간불에 멈췄다.

-지금 저는 렌트카를 타고 이노카시라 토오리에 있어요.
검정색 렌트카이고 번호는 1016입니다.

전에 오사라기 시게루가 폴린 제약이 저지른 부정의 실마
리인 왜건의 번호판을 외우고 있지 않다고 해서 레이는 그와
는 반대로 처음 타는 자동차의 번호판을 기억하려고 애썼다.

쿠로토비 에이토가 혀를 끌끌 찼다.

-근처에서 만나실래요?

-그러죠. 저는 지금 나카노에 있으니까 요요기 공원에서
만날까요?

-알았어요.

-역시 공원이 편하죠.

오사라기 시게루가 먼저 전화를 끊었다.

"운전사 아저씨. 요요기 공원으로 가주세요."

쿠로토비 에이토는 잠자코 유턴했다.

요요기 공원 벤치에 오사라기 시게루가 앉아 있었다. 양복

차림에 커다란 검정색 영업용 가방을 옆에 두고 있었다.

"놀랐습니다. 전화를 받을 줄이야."

레이와 요코를 발견하자 오사라기 시게루가 벌떡 일어났다. 레이와 요코도 인사를 했다.

"사실은 폴린 제약에 갔다가 돌아오는 길에 렌터카를 제공받았어요. 그런데 그 렌터카가 호텔로 가는 길과 다른 길로 지나가서 위험을 감지하고 오사라기 씨에게 전화를 걸었던 거예요."

"그랬군요."

"대단하구나, 레이. 임기응변을 발휘해서 렌터카의 위치와 자동차 번호판 번호까지 오사라기 씨한테 알려주니까 운전사도 달리 어쩔 도리가 없었을 거야."

레이는 수줍은 듯 고개를 숙였다.

"공원을 한 바퀴 돌았는데 아는 얼굴은 못 봤습니다."

오사리기 시게루가 불쑥 말을 내뱉었다.

"예수 씨도요?"

레이가 물었다.

"네. 다들 어디로 가버렸을까요?"

"음, 신주쿠 중앙공원 사람들도 몇 사람 사라졌다고 하더라고요."

오사라기 시게루는 고개를 주억거렸다.

"예수가 맡겨놓은 물건이 있는데 이래서는 돌려줄 수가 없 겠네요."

오사라기 시게루는 한숨을 쉬었다.

"맡겨놓은 물건이 뭔데요?"

"이겁니다."

그렇게 말하고 오사라기 시게루는 검정색 영업용 가방에 서 책 한 권을 꺼내서 건네주었다.

"『신약성서』……."

"이걸 전해줬습니다. 귀중한 기록이라면서."

"기록이요?"

"네. 우리는 건강보조식품의 모니터를 했으니까요."

"네?"

요코가 수상쩍은 듯 캐물었다.

"말씀 안 드렸나요?"

"그러고 보니 전에 들은 것 같은 기분이 드네요. 죄송합니 다. 다시 한 번 자세하게 들려주시겠어요?"

오사라기 시게루가 고개를 끄덕이더니 쿠로토비라는 인물 에게 모니터를 부탁받은 경위를 설명했다.

"엄마."

오사라기 시게루의 이야기를 다 들은 뒤 레이는 요코를 바 라봤다. 요코는 고개를 끄덕였다.

"그럼 건강보조식품의 모니터는 폴린 제약과 관련이 있는 건가요?"

"그래요."

레이는 손에 들고 있는 『신약성서』를 뚫어져라 바라봤다.

"안을 봐도 될까요?"

"그럼요."

레이는 침을 꿀꺽 삼키고 『신약성서』를 펼쳤다. 평범한 성서였다.

"기록 같은 건 없는데요."

"그렇죠. 여백이 많은 책이니까 그 여백 어딘가에 써 놓지 않았을까 해서 책장을 전부 살펴봤지만 기록 같은 건 어디에도 없었습니다. 이런."

오사라기 시게루가 뭔가를 생각하고 있었다.

"그 책에 뭔가 종이가 끼워져 있었어요. 그건 이미 사라져 버렸지만요."

"뭔데요."

"그게 예수가 말했던 '기록'이 아니었을까 합니다."

"이상하네요."

요코가 뭔가를 생각하고 있었다.

"『구약성서』는 없었나요?"

"네?"

"성서에는 구약과 신약이 있잖아요."

"그러고 보니 언제나 두 권을 들고 다녔던 것 같네요."

"또 한 권은 어디에 있는지 모르세요?"

"음."

오사라기 시게루는 고개를 갸우뚱거렸다.

"정말로 귀중한 기록은 구약 쪽에 써 놓았는지도 모르겠군요."

오사라기 시게루의 말을 들으면서 레이는 『신약성서』를 응시했다.

22

예수가 갖고 있던 구약성서의 소재는 어디에 있을까 골똘히 생각하는 순간 휴대전화 벨이 울렸다.

이마하리야마 아야한테서 온 전화였다.

-여보세요, 레이?

-응.

-좀 알려주고 싶은 게 있어서.

-뭔데?

-저기. 니시가타 사토미라는 여자는 어떤 사람이야?

-어?

-오늘 전화가 왔어. 레이, 너에 대해 꼬치꼬치 캐묻더라고.

-나에 대해?

-그래. 요즘 학교에 왔냐고 하고. 자주 가는 가게는 어디냐고 하고. 아아, 물론 적당히 얼버무렸지만.

-고마워.

-조심하는 편이 좋겠어. 아직 범인도 안 잡혔고.

-알았어.

아야는 그렇게만 말하고 전화를 끊었다.

'무슨 일이지?'

영문을 알 수가 없었다. 니시가타 사토미가 왜 자신에 대해 묻고 다니는지 짐작이 가지 않았다.

'하지만⋯⋯.'

그 이유를 밝혀내야 한다. 니시가타 사토미가 눈치 채지 못하게. 그 방법이 레이는 딱 하나밖에 떠오르지 않았다.

레이의 눈앞에서 진 마사유키의 얼굴은 고통으로 일그러졌다.

레이는 니시가타 사토미의 행동에 대해 진 마사유키에게

상담하러 왔다. 장소는 신주쿠 중앙공원 벤치다. 눈앞 잔디 위에서 까마귀 몇 마리가 땅을 쿡쿡 쪼고 있었다.

"니시가타 씨의 행동을 곱씹어보기 전에 문제를 다시 한번 정리해보자."

진 마사유키의 말에 레이는 고개를 끄덕였다.

"최초에 일어난 사건은 기타모토 선생님, 그러니까 레이 양의 아버지가 살해당한 거야. 범인은 아직 잡히지 않았어."

"그때 그 사람은 '루비앙'이라는 말을 남겼어요."

"그 의미는?"

"모르겠어요."

"그래. 범인 또는 사건의 진상을 암시하는 단어라고 생각하지만 무엇을 의미하는지는 몰라."

"네. 하지만 실마리만 있다면 생각이 날 것 같은 기분이 들어요."

"그 실마리를 잡을 수 있도록 나도 협력을 아끼지 않을게."

"고맙습니다."

"그리고 '루비앙'이라는 말 외에, 기타모토 선생님이 폴린 제약의 주식을 갖고 있었던 이유가 궁금해. 그런데 저축용이라고 하기도 어려워. 딱 한 주, 돈으로 치면 10만 엔 정도밖에 안 되니까."

"왜 그랬을까요?"

"생각해 봤는데."

고통으로 일그러진 진 마사유키의 얼굴이 다소 누그러졌다.

"어쩌면 기타모토 선생님은 폴린 제약의 주주총회에 나갈 생각이 아니었을까."

"네?"

"한 주라도 주식을 소유하고 있으면 그 회사의 주주총회에 출석할 수 있어."

"그래요?"

"아아. 실제로 소량의 주식을 보유하고 주주총회에 출석하는 사람은 별로 없지만 나가려고 마음만 먹으면 얼마든지 나갈 수 있어."

레이는 전에 뉴스에서 보았던 IT기업의 주주총회 모습을 떠올렸다.

"기타모토 선생님은 폴린 제약의 주주총회에 출석해서 뭔가를 하려고 했는지도 몰라."

"뭔가를요?"

"잘 모르겠지만 예를 들어 폴린 제약의 부정을 고발한다든가."

레이는 진 마사유키의 얼굴을 바라봤다. 평소의 웃는 얼굴 대신 진지한 표정이 엿보였다. 이 문제에 대해 깊이 고민했다는 게 레이에게 느껴졌다.

"그렇게까지는 하지 않더라도 주식을 보유하고 주주총회에 출석함으로써 폴린 제약의 부정에 좀 더 가까이 다가가려고 했는지도 몰라."

"그러고 보니 그 사람, 변호사와 짜고 폴린 제약의 내부 사정을 몰래 조사하려고 했어요."

"노시로 루미 씨 말이지?"

"네. 도대체 뭘까요? 그 사람이 그렇게까지 집착한 폴린 제약의 부정이란."

"기타모토 선생님은 연구만 했던 사람이야. 웬만해서는 연구 외의 일에 흥미를 보이지 않았어. 그런 선생님이 그렇게까지 했다는 건 상당한 부정이 저질러졌기 때문이라고 생각해."

"폴린 제약은 알츠하이머병의 특효약을 개발하고 있었잖아요."

"그래. 이미 '은행잎 플러스'라는 건강보조식품은 시판되고 있어. 약이 아니니까 약사법에 따라서 약효를 주장하는 건 금지되어 있지만 포장에는 '노인의 두뇌 활동이 활발해진다'고 효과를 암시하는 내용이 쓰여 있지."

"네."

"거기서 사용된 성분 가운데 눈길을 끄는 건 큰개불알풀이야. 선생님은 그 꽃을 좋아했어."

레이는 눈을 동그랗게 떴다.

"왜 그래?"

"저도 큰개불알풀을 좋아하거든요."

"그렇군. 역시 부모 자식 사이는 다르네."

진 마사유키의 말에 레이는 뭐라고 대답해야 할지 몰랐다.

"어쩌면 폴린 제약이 개발하고 있는 알츠하이머병의 특효약에도 큰개불알풀의 성분이 사용되었는지도 몰라."

"하지만 그건 딱히 폴린 제약에서 부정을 저지른 게 아니잖아요."

"어. 금지된 성분이 포함되어 있다고는 생각하지 않아. 이미 건강보조식품은 시판되고 있고. 부정은 다른 형태로 저질러지겠지."

"저기."

진 마사유키가 레이 쪽으로 얼굴을 돌렸다.

"혹시 진 마사유키 씨는 '십신성회'라는 테러 조직을 알고 있어요?"

"알고 있어. 몇 년 전에 세상을 떠들썩하게 한 조직이지."

"그 주모자의 동생이 폴린 제약의 사장이에요."

진 마사유키는 입을 벌린 채 다물 생각을 못 했다.

"물론 그 사실은 사건과는 직접 관련이 없어요. 하지만 폴린 제약 사장은 테러리스트 형을 숭배하고 있었나 봐요."

"깜짝 놀랐어. 그렇게 관련되어 있다니. 그런데 듣고 보니 몇 년 전 그 사건을 일으킨 테러 조직 '십신성회'는 일본의 모든 사람을 알츠하이머병으로 만들려고 했지."

그 이야기는 이미 들었다.

"형을 숭배하는 동생도 알츠하이머병에는 해박하겠죠?"

"그렇겠지. 그래서 알츠하이머병의 특효약을 손대려고 한 건지도 모르겠군. 하지만 그렇다고 해도 너무 빨라. 개발 시작부터 시판까지 2, 3년이란 추세는."

"왜 그럴까요?"

"겉으로는 실험이 우연히 잘 되었기 때문이라고 하겠지. 요컨대 우연히 빨라졌다는 거지. 하지만 상황이 그렇게 유리하게 돌아갈까? 조건에 맞는 피실험자를 찾아내는 것만 해도 힘들 텐데."

진 마사유키는 입을 다물었다. 뭔가 생각하는 모양이다.

"기타모토 선생님에게 들었는데 신주쿠 중앙공원의 노숙자들 숫자가 줄어들었다고 해."

"네. 다른 공원으로 옮기지도 않은 것 같아요."

"그 공원에 기타모토 선생님도 모습을 자주 비췄어. 어쩌면 기타모토 선생님이 폴린 제약의 비밀을 안 것은 그 공원에서가 아닐까?"

"노숙자들이 모습을 감춘 것과 관련이 있을까요?"

"그건 잘 모르겠지만……."

"진 마사유키 씨."

레이는 침을 꿀꺽 삼켰다. 앞으로 하려는 말이 매우 중요하다고 생각했기 때문에 마음을 안정시키기 위해서였다.

"신주쿠 중앙공원에서 노숙자들은 건강보조식품의 모니터를 한 것 같아요."

"어?"

레이는 고개를 끄덕였다.

"누구한테 들었어?"

"원래 노숙자였던 사람한테요. 지금은 사회로 복귀한 사람이에요."

"헛, 그랬군. 그 건강보조식품 모니터는 어디에서 의뢰했는지 알아?"

"아니요."

"하지만 아마도."

"폴린 제약."

둘 다 고개를 끄덕였다.

"이건 무엇을 의미하는 걸까?"

진 마사유키의 질문에 대한 답을 레이는 알고 있었다. 하지만 무서워서 입 밖에 낼 용기가 나지 않았다.

"폴린 제약은 노숙자들을 이용해서 인체 실험을 하고 있었어."

진 마사유키가 말했다. 그렇게 생각하니 전부 아귀가 딱딱 맞았다. 그 사실을 레이도 깨달았다.

"폴린 제약의 연구원 가운데 우치노 타츠오라는 남자가 있어. 기타모토 선생님의 대학시절 동기야. 기타모토 선생님은 대학시절에 큰개불알풀 연구를 했어. 어쩌면 우치노 타츠오는 그 사실을 기억하고 알츠하이머병의 신약 개발에 활용했던 게 아닐까?"

"인체 실험을 해서요?"

진 마사유키가 고개를 주억거렸다.

"폴린 제약은 테러 조직과 지금도 연관되어 있는지도 몰라. 아니면 그런 체질이라서 야쿠자와 어울린다고 해도 이상할 게 없을지도. 인체 실험은 야쿠자에게 의뢰했는지도 모르겠어. 노숙자 모습이 한둘 사라져도 그다지 문제되지 않아. 수색 요청이 들어올 걱정도 없어. 그래서 평범하게 사회생활을 영위하는 사람이라면 승낙하지 않을 것 같은 위험한 인체 실험에 그들을 이용한 거야. 그것도 실험 내용을 진짜로 전달하지 않고."

"그 결과 피실험자가 된 노숙자는."

"죽었지."

진 마사유키가 말을 툭 내뱉었다.

"그래서 공원에서 점점 사라진 거고."

"도대체 어떤 실험을 했을까요?"

"알츠하이머병의 치료약을 실험하기 위해서는 알츠하이머병에 걸린 사람이 필요해. 요컨대 폴린 제약은 노숙자들에게 어떤 조치를 취해서 인위적으로 알츠하이머병에 걸리게 하지 않았을까?"

"어떤 조치라면."

"예를 들어 인위적으로 알루미늄을 주입하든가?"

레이는 숨을 죽였다.

"그런 행위를 급격히 시행한 탓에 노숙자 몇 사람이 목숨을 잃은 거지. 그들은 실험을 위해 이용되고 버려진 거야."

"그런……."

"그래서 폴린 제약은 신약 개발을 터무니없이 빠른 속도로 달성했어. 그 점을 기타모토 선생님이 눈치 챘던 거지. 선생님은 늘 신주쿠 중앙공원에 갔어. 그러니까 노숙자들이 사라진 걸 깨달았던 거고, 그 사람들이 건강보조식품의 모니터를 하고 있다는 것도 들었겠지. 그리고."

까마귀가 날아갔다.

"기타모토 선생님은 폴린 제약의 부정을 증명하려고 움직였어. 그래서 살해당했던 거야."

마음속으로는 알고 있었던 사실. 하지만 실제로 입에 오르고 보니 아무래도 충격이 컸다.

"레이 양 집에 불이 났지?"

"네."

"그건 폴린 제약이 뭔가를 찾고 있었다는 걸 증명해."

"부정의 증거인가요?"

"그래. 그리고 폴린 제약이 그런 움직임을 보이는 건 폴린 제약도 기타모토 선생님이 잡은 증거를 손에 넣지 못했다는 거고."

"저희 집에도 없었어요. 엄마가 딱 잘라 말했기 때문에 확실해요."

"그렇다면 기타모토 선생님이 수집한 폴린 제약을 무너뜨릴 만한 증거가 아직 어딘가에 숨겨져 있다는 거네."

"그 소재를 가리키는 말이 '루비앙'인가요?"

진 마사유키는 고개를 끄덕였다.

"우치노 타츠오는 개발자이니까 당연히 폴린 제약의 부정에 깊이 관여하고 있었겠지. 그래서 제거됐는지도 몰라. 노시로 루미 씨도."

"다들 같은 범인일까요?"

"실제 범인이 몇 사람인지는 몰라. 하지만 배후는 어쨌든 폴린 제약이야."

"네."

레이의 머릿속에 어떤 인물의 얼굴이 떠올랐다.

"그 사람은 친분이 있는 사람에게 살해당했겠죠."

"낯선 사람을 쉽사리 집에 들이는 분이 아니라고 생각되기 때문이지. 마음에 걸리는 건."

진 마사유키는 말을 끊었다. 하고 싶은 말을 망설이는 것처럼 느껴졌다.

"누군가 안내를 해준 인물이 있지 않았을까 생각해."

"니시가타 사토미 씨."

진 마사유키가 망설이는 말을 레이가 입 밖으로 냈다. 진 마사유키는 얼굴을 찡그렸다.

"아직 판단할 만한 근거가 다 갖춰지지는 않았어."

진 마사유키는 신중하게 말했다.

"다만 니시가타 사토미 씨가 폴린 제약에서 헤드헌팅 제의를 받았다는 건 확실해."

처음 듣는 이야기였다.

"고액 연봉을 제시하고 폴린 제약으로 오지 않겠냐고 권유했다고 해."

그 이야기를 듣고 나니 레이는 몇 가지 사건이 이해가 갔다.

"레이 양. 사실 나는 폴린 제약의 부정을 폭로할 증거가 숨겨진 장소로 짐작 가는 곳이 있어."

"네? 어디에요?"

진 마사유키의 얼굴에서 고통이 사라지고 긴장된 표정으

로 변했다.

"레이 양의 집에도 대여금고에도 연구실에도 노시로 루미씨 사무실에도 없어. 이제 남은 장소는 거기밖에 없을 것 같은 느낌이 들어. 나는 그곳에 가볼 생각이야."

"저도 갈래요."

"레이 양."

"그곳이 어디든 저도 갈래요. 제가 꼭 가야 해요."

레이의 눈에 강한 의지의 빛이 깃들었다.

보스턴가방을 든 니시가타 사토미가 연구실 문을 열었다.

저녁 8시.

학생들도 전부 돌아가고 연구실에는 아무도 없었다.

니시가타 사토미가 가방을 의자 위에 올려두고 책상 서랍을 죄다 열기 시작하는 모습이 보였다.

"뭘 찾고 있어요?"

니시가타 사토미가 뒤를 돌아보았다.

"니시가타 씨. 어디로 도망갈 생각이죠?"

"당신은……."

말을 건넨 사람은 기타모토 요코였다.

"오길 잘했네요. 당신이 늘 수상한 행동을 해서 의심하고 있었어요."

니시가타 사토미는 상당히 억울해 했다.

"당신은 우리 집에도 함부로 들어왔죠."

"이유가 있었어요."

"초조했겠죠."

"그래요."

니시가타 사토미가 똑바로 요코의 눈을 응시했다. 태도를 바꾸기로 작정한 듯했다.

"당신들을 위험에서 지키려고 했어요."

"이제 그만둬요."

요코는 니시가타 사토미의 말을 가로막았다.

"경찰에 연락하겠어요."

"잠깐 기다려요."

"나도 공격하려고요?"

요코는 한 걸음도 물러나지 않을 기세였다.

"들어봐요, 요코 씨. 그날은 문이 열려 있어서 나보다 먼저 기타모토 씨의 집에 들어간 사람이 있다고 생각했어요. 그래서 그 사람을 찾으려고 들어갔어요."

니시가타 사토미는 집에 들어가서 전화 옆 벽에 붙어 있는 전화번호 목록을 평소 습관대로 휴대전화 카메라로 찍어두

었다. 거기에는 급하게 휘갈겨 쓴 이마하리야마 아야의 휴대
전화 번호도 있었다. 이름 란에는 '아야'라고만 쓰여 있었기
때문에 레이의 친구일 거라고 짐작했다.

"그 사람이 누구죠?"

"저는 그 사람을 줄곧 의심하고 있었어요. 그래서 그걸 확인
하려고 했어요. 수상한 행동으로 보였을지도 모르겠지만요."

"믿을 거라고 생각해요?"

"믿어주세요."

니시가타 사토미는 요코를 뚫어져라 바라봤다. 그 눈을 보
고 요코는 움츠러들었다. 도저히 거짓말을 하고 있는 것으로
는 생각되지 않았다.

'속으면 안 돼.'

요코는 마음을 다잡았다.

"니시가타 씨. 당신은 줄곧 남편 가까이에 있었어요. 그래
서 남편의 행동도 어느 정도 파악했을 겁니다."

"기타모토 선생님의 가까이에 있었던 사람은 한 명 더 있
잖아요."

"네?"

니시가타 사토미는 동료에게 대하듯 고개를 까딱했다.

"누구 말이에요?"

"진 마사유키 씨예요."

요코의 머릿속에 진 마사유키의 다정하게 웃는 얼굴이 떠올랐다.

"저는 줄곧 진 마사유키 씨를 의심했어요."

요코는 아무런 대꾸도 하지 못했다. 신중하게 니시가타 사토미가 하는 말을 곱씹어 보았다.

"기타모토 선생님이 살해당했을 때 기타모토 선생님은 쉽게 문을 열어주었어요. 그런 상대는 그리 많지 않거든요. 진 마사유키 씨라면 선생님도 안심하고 문을 열어주었겠죠."

"그건 당신에게도 적용되잖아요."

"하지만 저는 식칼을 써서 남자를 죽이지 못해요."

"진 마사유키 씨가 남편을 죽였다는 말인가요?"

니시가타 사토미는 고개를 주억거렸다.

"설마."

"하지만 그렇게밖에 생각할 수 없어요."

요코는 니시가타 사토미의 가느다란 팔을 보았다.

"진 마사유키 씨는 그렇게 보여도 야심가예요. 늘 '이 연구는 돈이 되겠어'라는 발상을 하는 사람이에요. 주식도 하는 것 같은데 어쩌면 주식으로 큰 손해를 봤는지도 모르겠어요."

"그렇다고 해서."

"선생님이 살해당한 건 사실이에요. 그리고 선생님이 알아낸 비밀과 가장 가까운 장소에 있던 사람이 진 마사유키 씨에요. 더구나 진 마사유키 씨는 어떻게든 당신과 따님에게 접근하려고 했어요."

듣고 보니 진 마사유키는 기타모토 히데키가 죽은 뒤 끊임없이 접촉해왔다. 자신도 일이 있을 텐데 그 일보다 우선시한다는 듯이 움직였다.

"진 마사유키 씨야말로 폴린 제약의 하수인이에요."

요코는 몹시 놀랐다.

"하지만 니시가타 씨. 당신은 여행 준비를 하고 있잖아요."

"진 마사유키 씨의 모습이 보이지 않아서요. 연락이 안 돼요. 진 마사유키 씨가 어디로 갔는지 찾으러 왔어요. 행선지를 알아내면 바로 뒤를 쫓을 생각이었어요."

"당신은 어떻게 그렇게까지."

"저도 기타모토 선생님을 좋아했으니까요."

니시가타 사토미에게 느꼈던 말로 표현할 수 없었던 감각의 정체가 이것이었을까. 요코는 니시가타 사토미를 믿을 수 있을지도 모른다고 처음으로 생각했다.

"저는 기타모토 선생님을 좋아했어요. 그래서 그 따님을 불행하게 만들 수 없다고 생각했어요. 진 마사유키 씨가 이번에는 레이 양을 죽일 거예요."

요코는 말문이 탁 막혔다.

"요코 씨. 설마 진 마사유키의 행선지를 모르는 건 아니죠?"

요코는 정신이 번쩍 들었다.

"홋카이도."

"네?"

"레이한테 문자가 왔어요. 홋카이도에 간다고. 어쩌면 진마사유키 씨도 함께일지도 모르겠네요."

요코와 니시가타 사토미는 얼굴을 마주보았다.

23

레이는 진 마사유키가 운전하는 차 조수석에 앉아 홋카이도 국도를 달리고 있었다.

"마침 아는 사람이 차를 빌려줬어."

공항 근처 주차장에서 진 마사유키는 차에 올라탔다.

"나랑 함께 가는 건 아무한테도 말 안 했지?"

"네."

"잘 했어. 직장을 빼먹고 어린 여자아이와 홋카이도까지 간다는 게 알려졌다가는 엉뚱한 오해를 받을 테니까."

그렇게 말하고 진 마사유키는 사람 좋아 보이는 웃음을 지었다.

"미안해요. 그런 생각까지 하게 만들어서."

"괜찮아, 괜찮다니까. 그보다 길 안내를 해줄래?"

"네."

"운전 중에는 정신이 흐트러질 수 있으니까 미안하지만 휴대전화 전원을 꺼주겠어?"

"알았어요."

레이는 들은 대로 휴대전화 전원을 꺼놓고 앞쪽으로 눈길을 주었다.

아버지가 산 홋카이도 땅. 노시로 루미와 한 번 간 적이 있다. 근처까지는 자동차 네비게이션이 안내해주기 때문에 레이는 목적지에 가까이 간 다음에 알려주면 된다.

"기타모토 선생님이 증거를 숨긴 장소는 이제 홋카이도 땅밖에 없어."

"건물이 하나도 없는 벌판이에요."

"아마도 땅속에 파묻었을 거라고 생각해."

"하지만 굉장히 넓어요. 그 안, 어디에 있을까요."

"열쇠는 '루비앙'이라는 말이야."

"생각이 날 것 같기는 한데요."

"도쿄에서 레이 양에게 그 말을 들었을 때 나는 기타모토 선생님이 구입한 홋카이도 땅을 떠올렸어. 레이 양이 그 땅에 서면 틀림없이 기억이 날 거야."

"네."

"어쨌든 가보자."

레이는 고개를 끄덕였다. 이제 여기까지 왔으니 되돌아갈 수 없다. 카스테레오에서는 「마술피리」가 흘러나오고 있었다.

한동안 달리자 자동차 네비게이션에서 '목적지 부근에 도착했습니다' 하는 안내가 흘러나왔다.

"다음 갈림길에서 오른쪽이에요."

네비게이션 음성 안내가 끝난 뒤 레이는 방향을 알려주었다. 가로막는 건물이 없어서 목적지가 시야에 들어왔다.

이미 거리를 벗어났고 논을 벗어나 벌판이 펼쳐져 있었다.

진 마사유키가 차를 멈췄다. 두 사람은 차에서 내렸다.

"여긴가."

진 마사유키가 신중하게 생각하더니 중얼거렸다. 주위에는 아무도 없었다. 레이는 벌판을 바라봤다. 변함없이 들풀이 무성하고, 소박하지만 아름다운 꽃이 흐드러지게 피어 있었다. 그 들꽃의 밑동에는 들풀의 이름을 쓴 자그마한 플라스틱 푯말이 꽂혀 있다.

"레이 양. 떠올려 봐. 루비앙이라는 말의 의미를. 그게 분명 증거를 숨긴 장소를 나타낼 거야."

레이는 대답을 하지 않고 들풀을 바라봤다.

뭔가 생각이 날 것 같았다. 흐드러지게 피어 있는 꽃들……. 이런 광경을 본 듯한 기분이 들었다. 어렸을 적, 아직

287

아버지와 사이가 좋았던 무렵…….

자신은 울고 있었다.

'왜 나는 울고 있었을까?'

하지만 슬픈 눈물이 아니었다. 아버지와 신뢰관계로 이어져 있기 때문에 흘릴 수 있는 안도의 눈물…….

-싫어 싫어. 그런 거 싫어.

뭐가 싫었던 걸까?

-지독해. 꽃이 불쌍하잖아.

꽃이 불쌍하다고?

레이는 눈앞에 펼쳐진 들꽃 군락을 바라봤다. 그리고 들꽃의 이름을 기록한 작은 푯말을 살폈다. 개밀, 새포아풀, 하얀 제비꽃, 홋카이도 민들레…….

'아앗!'

레이는 묘한 점을 깨달았다.

'어째서?'

이상하다.

눈앞의 들꽃에는 각각 이름표가 꽂혀 있었다. 조금 안쪽에 있는 이름표도 들꽃의 틈새로 보였다. 하지만 어떤 꽃에만 이름표가 꽂혀 있지 않았다.

'어째서? 어째서 큰개불알풀에만 이름표가 없지?'

왜 큰개불알풀에만 이름이 안 적혀 있을까?

레이는 생각했다. 왜 기타모토 히데키는 큰개불알풀에만 '큰개불알풀'이라는 이름을 써 놓지 않았을까?

"아!"

레이는 외마디 비명을 질렀다.

"왜 그래?"

곧바로 진 마사유키가 반응을 보였다.

떠올랐다. 지금까지 잊고 있었던 아버지와의 추억.

-저기 아빠. 큰개불알풀은 어떤 의미야?

-개불알풀이란 꽃이 있는데 그보다 크기가 더 큰 꽃이라는 의미란다. 개의 불알.

-개의?

-불알.

-불알이 뭔데?

-불알이란 고환, 음낭을 말해. 요컨대 나란히 열린 두 열매가 개의 불알과 모양이 비슷하단다. 그래서 큰개불알풀이란 이름이 붙었지.

-그런 거 싫어. 이렇게 예쁘고 귀여운 꽃의 이름이 그런 의미라니. 지독해. 꽃이 불쌍해. 저기 아빠, 큰개불알풀에 새로운 이름을 붙여줘.

루비앙…….

"알았어요."

"어?"

"루비앙의 의미. 알아냈어요."

"정말이야?"

레이는 고개를 끄덕였다.

"그 사람은 으음, 아빠는 저와 먼 옛날에 했던 약속을 기억하고 있었어요. 틀림없이 그래요. 확실해요."

"뭐야? 그 약속이란 게?"

"큰개불알풀에 새로운 이름을 붙여 달라는 약속."

진 마사유키는 의미를 모르겠다는 듯 고개를 약간 갸웃거렸다.

"진 마사유키 씨. 큰개불알풀의 어원을 알고 있어요?"

"어어. 알고 있어."

"저요, 그게 싫어서 어린 시절에 아빠한테 새로운 이름을 붙여달라고 부탁했어요."

"그 새로운 이름이 루비앙?"

"그렇다고 생각해요. 루비앙은 아빠가 붙인 큰개불알풀의 새로운 이름이에요. 그래서 큰개불알풀에만 이름표가 없는 거예요."

"과연. 역시 기타모토 선생님은 레이 양을 줄곧 생각하고 있었어."

레이의 눈에 눈물이 어렸다. 지금까지 자신을 버렸다고 생각했던 아빠가 자신과 했던 어린 시절의 약속을 기억하고 있었다.

"아빠……."

레이는 눈앞에 펼쳐진 들풀의 군락을 바라보면서 중얼거렸다. '루비앙'이라는 말의 의미를 찾으면서 사실은 아버지의 사랑을 찾아 헤맸다는 걸 레이는 깨달았다. 어린 시절 아버지를 좋아했기 때문에 집을 나간 아버지에 대해 '배신당했다'는 생각이 강했던 것이다.

"그렇다면 어떻게 되는 거지?"

레이의 뒤에서 진 마사유키가 중얼거렸다.

"기타모토 선생님은 죽기 직전에 '루비앙'이라고 했어. 단지 레이 양과의 약속을 지키려고 했던 것뿐일까?"

레이는 진 마사유키의 중얼거림을 무심결에 듣고 있었다.

"그 뿐만은 아닐 거야. 너희 아버지는 폴린 제약이 저지른 부정의 증거 물건을 어딘가에 숨겼어. 하지만 숨기기만 한 거로는 의미가 없어. 누군가가 그걸 발견해야 하지. 신뢰하는 누군가가."

"그게 저인가요?"

"그렇지. 너희 아버지는 너를 신뢰하고 있었어. 그래서 너에게 증거를 감춘 장소를 알려준 거고. 루비앙은 그 열쇠를 쥔 단어지."

"하지만……."

루비앙이 왜 감춘 장소를 나타내는 걸까?

"이 땅을 찬찬히 보면 들풀이 제멋대로 자라고 있지는 않아. 각각 자신의 영역을 정해서 자라고 있어."

분명 괭이밥의 군락지대, 민들레의 군락지대와 각각의 들풀이 종류에 따라 한데 모여 자라고 있다.

"큰개불알풀, 아니 루비앙의 군락지대도 보여요."

땅의 중간 정도에 파랗고 가련한 꽃이 잔뜩 피어 있었다. 루비앙이다.

"그 아래에 증거가 묻혀 있을 거야."

레이는 고개를 끄덕였다.

레이는 루비앙의 군락지대를 향해 발길을 옮겼다. 진 마사유키도 뒤를 쫓아갔다. 살갈퀴와 큰이삭풀을 헤치면서 루비앙의 군락지대에 도착했다.

"이걸……."

진 마사유키의 말에 뒤를 돌아보니 진 마사유키가 작은 삽을 손에 들고 있었다. 레이는 고개를 끄덕이고 작은 삽을 받아들고 루비앙의 뿌리가 다치지 않도록 조심하면서 파내기 시작했다. 흙을 파내 땅에서 루비앙을 조심스럽게 뽑았고, 소중하게 옆에 놔두고 계속 팠다. 이윽고 작은 삽이 단단한 물건에 닿았다. 돌은 아니다. 화려하고 둥근 용기다. 레이는 서둘러 그 용기를 파냈다.

작은 삽을 옆에 두고 용기를 손에 들었다. 지름 20센티미터 정도의 캔디 박스였다. 레이는 뚜껑을 열었다.

책 한 권과 자그마한 전자기기.

레이는 책을 손에 들었다. 『구약성서』다. 팔랑팔랑 넘겨봤다. 안에 인쇄된 글자는 없고 손글씨로 된 문자가 일기처럼 기록되어 있었다. 아마도 예수가 건강보조식품의 모니터가 되고 나서 써내려간 기록이리라. 그걸 예수는 기타모토 히데키에게 맡겼고, 기타모토 히데키는 그걸 여기에 묻었다. 전자기기는 녹음기 같았다.

"발견했군, 증거를."

"네."

레이는 뒤를 돌아봤다. 진 마사유키가 식칼을 들고 있었다.

레이는 잠자코 진 마사유키를 응시했다.

"놀랐어?"

진 마사유키는 다정해 보이는 웃음을 짓고 있었다. 하지만 식칼의 뾰족한 끝은 레이를 향해 있었다.

"너희 아버지를 죽인 사람은 나야."

진 마사유키가 레이를 향해 한 걸음 다가섰다. 식칼의 뾰족한 칼끝도 한 걸음 만큼 레이와 가까워졌다.

"이것과 같은 칼로 죽였어. 다루는 데 익숙하지."

한 걸음 더 다가섰다. 식칼의 뾰족한 끝은 거의 레이의 눈 앞에 다다랐다.

"나는 폴린 제약에서 스카우트 제의를 받았어."

"헤드헌팅된 건 니시가타 사토미 씨가 아니었나요?"

"그건 거짓말이야. 내가 받았어. 그리고 폴린 제약에, 나아 가서는 나에게 기타모토 선생님의 존재는 장애물이었어."

"죽이지 않았어도 됐잖아요."

"내 쪽도 절박했거든."

진 마사유키가 주식에 굉장히 훤하다는 사실을 레이는 떠 올렸다. 어쩌면 '절박했다'는 말은 그 점과 관련 있지 않을까?

"미안하지만 레이 양. 여기서 끝이야. 너를 아버지 품으로 보내줄게. 기타모토 선생님은 딸을 끔찍하게 아꼈어. 분명 기 뻐할 거야."

"그리고 당신은 폴린 제약에서 환영받고?"

"그래. 놀라게 해서 미안하군."

"딱히 놀랍지도 않아요."

진 마사유키는 '어떤 의미야?' 하는 눈으로 물었다.

"그럴 것 같은 생각이 들어서 경찰에 연락해뒀거든요."

진 마사유키의 얼굴에서 웃음이 사라졌다.

"레이 양. 이런 상황에서 농담을 하다니 배짱이 두둑한 걸."

"농담이 아니에요. 여자인 나랑 단 둘이 홋카이도까지 여행을 가자고 했고, 그 사실을 아무한테도 알리지 말라고 해서 이상하다고 생각했어요. 그래서 만약을 위해 경찰에 연락을 해뒀어요."

"만일 그게 사실이라면 더더욱 살려둘 수 없겠군."

진 마사유키는 결심을 굳히려는 듯 숨을 깊이 들이마셨다.

"사람을 죽이는 건 두 번째야. 전보다 잘할 수 있을 거라고 생각해."

진 마사유키가 식칼을 들고 있는 팔을 굽혀서 힘을 모았다. 그 팔을 레이를 향해 뻗었다.

순간 엄청난 소리가 났다. 권총의 발사음. 진 마사유키가 오른쪽 손목을 누르며 웅크렸다. 그 손에 칼은 없다. 레이는 눈을 감고 있었다.

"내 사격 솜씨가 아직 녹슬지 않은 듯하군."

레이는 눈을 번쩍 떴다. 오오타 구로가 천천히 걸어왔다. 그 손에 권총이 들려 있었다. 총구에서는 화약 연기가 피어올랐다. 뒤에서 이와마가 종종걸음으로 다가와서 오오타 구로를 앞질렀다.

"다행이야. 늦지 않아서."

이와마는 레이가 있는 곳까지 달려와 발길을 멈추더니 두 무릎에 손을 짚었다. 어깨를 들썩이며 숨을 쉬었다.

"바보 녀석. 빨리 진 마사유키를 체포해!"

등 뒤에서 오오타 구로가 고함을 쳤다.

"살인 미수 현행범이야."

오오타 구로의 말에 이와마는 주머니에서 부리나케 수갑을 꺼내 넋이 나간 진 마사유키의 두 손에 채웠다.

"큰일 날 뻔했어."

오오타 구로가 레이에게 말을 건넸다.

"고맙습니다. 목숨을 구해주셨어요."

"이제 위험한 행동은 하지 마."

"네."

레이는 수줍은 듯 웃음을 지으며 고개를 숙였다.

"가죠."

진 마사유키를 체포한 이와마가 오오타 구로를 재촉했다. 오오타 구로는 모호하게 대답하고 걷기 시작했다.

"저기 차가 있습니다. 함께 타고 가요."

이와마의 말에 레이는 고개를 끄덕였다. 앞에 가던 오오타 구로가 멈춰 섰다. 그리고는 고개를 약간 뒤로 돌렸다.

"레이 양."

오오타 구로는 레이에게 말을 걸었다.

"의심해서 미안해."

오오타 구로는 곧장 앞을 향해 걷기 시작했다. 레이의 얼굴에 엷은 웃음이 피어올랐다.

24

기타모토의 새 집이 완성되었다.

이미 기타모토 요코와 레이 모녀는 이사를 마쳤다. 지금 부엌에서는 새 집의 마지막 마무리라고 할 수 있는 정수기 설치를 오사라기 시게루가 하고 있다.

사건은 해결되었다.

원래 기록을 좋아했던 예수가 폴린 제약과의 관계를 빠짐 없이 써 놓았다. 쿠로토비의 권유로 건강보조식품 모니터를 하게 되었던 사실. 커튼을 친 차에 태워져 행선지를 숨긴 채 은신처로 보이는 텅 빈 집에 끌려가 주사를 맞았던 사실. 그 곳이 폴린 제약 소유의 사무실이란 게 밝혀졌다. 또한 다른 노숙자들이 주사를 맞은 날과 공원에서 사라진 날 등이 기록되어 있었다. 그 사실을 일기에 쓰고 주사를 놓은 사람과 쿠로토비가 나눈 이야기도 녹음기에 기록해두었다. 그 기록의 존재를 알게 된 기타모토 히데키가 새로이 독자적인 조사에 나섰다. 연구실에서 홀로 행동하는 일이 많아졌던 것은 폴린 제약의 부정을 조사하고 있었기 때문이다. 그 결과 기타모토 히데키는 폴린 제약이 저지른 악행의 본질에 다가갔다. 예수의 기록을 양도받은 기타모토 히데키는『구약성서』에 자신이 조사한 새로운 사실을 덧붙여갔고 그것을 홋카이도 벌판에 숨겨놓았다.

그 기록으로 사건의 전모가 밝혀졌다.

사건 전에 폴린 제약의 실적은 극도로 악화되고 있었다. 그 사태를 헤쳐 나가기 위해서는 폴린 제약은 획기적인 신약 개발과 판매가 필요했다. 폴린 제약이 주목한 것은 노화한 뇌를 활성화시키는 메커니즘이었다. 즉 알츠하이머병의 특효약 개발이다. 이 약은 당시 개발 중이었던 건강보조식품 '은행잎 플러스'를 통해 축적되고 활성화되었다. 그렇지만 제대로 개발하려면 오랜 세월이 필요했다. 그 전에 폴린 제약이 파산하리라는 건 자명한 사실이었다. 실적 악화 등으로 막다른 곳으로 내몰려서 비리를 저지른 기업은 과거에 몇 곳이나 있었다. 폴린 제약도 마찬가지였다. 그 내막에 더욱 커다란 동기가 숨겨져 있는지에 대해 고다마 쿄우지는 아직 진술하지 않았다. 하지만 고다마 쿄우지의 형은 일찍이 일본인 전체를 알츠하이머병으로 만들어 버리려는 섬뜩한 테러를 획책한 인물이고 고다마 쿄우지가 그 형을 동경하고 있었던 건 사실이다.

사장인 고다마 쿄우지가 지시한 건 노숙자들을 피실험자로 삼은 인체 실험이었다. 고다마 쿄우지는 노숙자들에게 알루미늄을 주사해서 인위적으로 단기간에 알츠하이머병을 발생시키는 인체 실험을 벌였다.

결국 '은행잎 플러스'는 발매되어 순조롭게 판매가 늘어났고 더불어 알츠하이머병의 특효약도 경이적인 속도로 개발이 진행되었다.

고다마 쿄우지는 젊은 시절부터 인연을 맺은 폭력단 '타네리회'의 간부, 쿠로토비 에이토를 고용해서 신주쿠 중앙공원에 본거지를 삼은 노숙자들을 교묘히 꾀어서 실험을 되풀이했다. 그 과정에서 노숙자 몇 사람이 목숨을 잃었다.

그 사실을 세이조대학교 식물 연구소의 기타모토 히데키가 눈치를 챘다. 기타모토 히데키는 현장 연구를 위해 자주 신주쿠 중앙공원으로 발길을 옮겨서 노숙자들과 친해졌다. 그 과정에서 예수의 기록을 보고 폴린 제약의 인체 실험을 알아차렸다.

기타모토 히데키는 그 사실을 공표해야 한다고 결심하고 일을 하면서 틈틈이 준비하느라 정신없었다.

폴린 제약의 주주총회에 출석하기 위해 폴린 제약의 주식을 딱 한 주 구입했다. 또한 연구용으로 살까 말까 망설이던 홋카이도 벌판을 증거 은닉 장소에 딱 알맞다는 이유로 과감하게 구입했다. 변호사인 노시로 루미와도 알게 되었다. 기타모토 히데키는 노시로 루미에게 증거를 숨긴 장소 말고는 자신이 알고 있는 걸 모두 이야기하고 협력을 요청했다. 어느덧 노시로 루미는 기타모토 히데키에게 끌리게 되고 기타모토를 위해 위험을 무릅쓰고 폴린 제약의 내부에 잠입까지 했다. 하지만 그게 화가 됐다.

기타모토 히데키는 또한 신뢰하는 연구 동료인 진 마사유키에게도 폴린 제약의 비밀 및 자신이 취한 행동과 변호사에게도 협력을 요청했다는 사실을 털어놓았다. 하지만 진 마사유키는 그 정보를 바탕으로 폴린 제약의 사장 고다마 쿄우지에게 협박을 했다. 진 마사유키는 인터넷으로 주식 선물 거래를 해서 거액의 빚을 진 상태였다. 기사회생을 노린 진 마사유키였다. 하지만 도리어 고다마 쿄우지가 고용한 쿠로토비에이토의 회유로 폴린 제약의 하수인이 되어버렸다. 미끼는 빚을 대신 갚아주는 것과 폴린 제약에 취직하는 것이었다.

기타모토 히데키와 노시로 루미의 존재를 알게 된 폴린 제약의 고다마 쿄우지와 쿠로토비 에이토는 진 마사유키에게 기타모토 히데키를 살해하라고 지시했다. 경계심을 강화했던 기타모토 히데키는 쉽사리 타인의 접근을 허용하지 않았다. 하지만 돈에 현혹된 진 마사유키가 친분을 이용해서 기타모토 히데키의 맨션에 들어갔다. 그리고 빈틈을 노리다가 식칼로 기타모토 히데키를 살해했다. 진 마사유키는 레이를 안심시키고 아울러 자신을 의심하지 않도록 협조적인 태도를 취해 나갔다.

진 마사유키의 행동에 의심을 품은 니시가타 사토미는 남몰래 진 마사유키의 행동을 조사하러 다녔다. 진 마사유키의 손길이 레이에게 뻗치지 않는지 조사하려고 레이의 친구로 추정되는 이마하리야마 아야에게 전화를 해서 동향을 넌지시 물은 적도 있다. 그 행동이 오해를 사서 의심을 받기도 했지만 지금은 오해가 풀렸다. 레이의 집에 마음대로 들어간 것도 진 마사유키가 먼저 와서 증거를 인멸하지 않았나 확인하기 위해서였다. 그때 니시가타 사토미는 유품 가운데 기타모토 히데키가 조사하고 추측한 폴린 제약의 신약 성분표를 발견했다.

폴린 제약에 위험한 존재였던 예수, 즉 이에나가 타카오와 변호사 노시로 루미, 폴린 제약 연구원 우치노 타츠오, 세 사람은 고다마 쿄우지의 명령으로 쿠로토비 에이토가 살해했다. 자살로 보이도록 위장공작을 벌였지만 지금은 경찰 조사 끝에 쿠로토비 에이토의 범행이라고 판명되었다. 증거인멸을 꾀하기 위해 기타모토의 집에 불을 지른 범인 역시 쿠로토비 에이토였다.

폴린 제약의 사장 고다마 쿄우지, 그 하수인인 '타네리회'의 쿠로토비 에이토, 폴린 제약 연구원인 쿠마자와 요시히코, 그리고 진 마사유키는 체포됐다. 폴린 제약의 주가는 계속 하락하고 있고 파산도 시간문제로 보인다.

"다 했습니다."

오사라기 시게루가 뒤를 돌아봤다. 그 얼굴에는 일을 빈틈 없이 마무리한 데 대한 만족감이 가득했다.

요코가 마루에 차를 준비해뒀다. 세 사람은 마루 탁자를 둘러싸고 앉았다.

"실은."

오사라기 시게루가 가방에서 책 한 권을 꺼냈다.

"어떤 사실을 깨달았습니다."

오사라기 시게루가 내놓은 건 불교 서적인 듯했다.

"법전인가요?"

"아니요. 그건 표지뿐이고 알맹이는 한자사전입니다. 기타모토 선생님에게 받았답니다."

"네."

"제가 한자를 좋아한다고 했더니 들고 와서 주셨습니다. 군데군데 페이지가 접혀 있거나 밑줄이 그어져 있는 걸 보면 기타모토 선생님이 사용하던 거겠죠. 그런 사전을 주셨습니다. 정말로 다정한 분이죠."

레이와 요코는 얼굴을 마주봤다.

"그런데 말이죠. 받았을 때 페이지 모서리가 접힌 곳이 세 군데 있었는데 잠깐 봐주시겠어요. 쪽지를 붙여놓았습니다."

오사라기 시게루는 한자사전을 레이에게 건넸다. 레이는 쪽지가 붙어 있는 페이지를 순서대로 펼쳤다.

112쪽. '모토(元)'라는 문자에 연필로 동그라미가 쳐 있다. 다음은 176쪽. 이곳에는 '기타(北)'라는 문자에 연필로 동그라미 쳐 있다. 마지막으로 137쪽. 여기에 동그라미 쳐 있는 건 '레이(冷)'.

"제 이름이에요."

오사라기 시게루는 고개를 끄덕였다.

"기타모토 선생님은 이 한자사전에 따님의 이름을 표시해 놓았습니다."

"하지만 왜죠?"

"한자사전이라는 부분에 의미가 있다고 생각합니다."

"무슨 의미인가요?"

"방, 즉 한자의 오른쪽 부분입니다."

레이는 자신을 나타내는 한자 세 개를 바라보았지만 오사라기 시게루가 하려는 말을 이해할 수 없었다.

"방과 변, 즉 한자의 오른쪽 부분과 왼쪽 부분을 주목하세요. 먼저 '모토(元)'를 봐주세요."

레이는 112쪽을 펼쳤다.

"'모토(元)'의 아랫부분은 '어진사람인발'이죠. '사람의 발자취'라고도 할 수 있는데요."

'광(光)'과 '형(兄)'의 아랫부분이기도 하다.

"그 '어진사람인발' 부분에 있는 가타카나가 보입니까?"

레이는 '모토(元)'란 글자의 아랫부분만 뚫어져라 바라보
았다.

"루(ル)?"

"그래요."

오사라기 시계루는 웃음을 지었다.

"다음은 '기타(北)'의 오른쪽 방 부분에 있는 가타카나를
봐주세요."

'화(化)'라는 한자의 방이기도 하다.

"히(ヒ)?"

"네. 그리고 '모토(元)'란 글자의 윗부분, 한자 '이(二)'처럼
보이는 부분을 땡땡이라고 칩시다. 그 땡땡 표시를 '히(ヒ)'에
붙여 보세요."

"히(ヒ)에 땡땡 표시를 붙이면……. 비(ビ)가 되네요."

"마지막 글자는 '레이(冷)'예요."

레이는 137쪽을 펼쳤다.

"레이(冷)의 오른쪽 아랫부분을 읽어보세요."

"마(マ)?"

"실제로 손으로 쓸 때는 마(マ)로 보이지만 여기서는 활자
의 형태를 따져서 '아(ア)'라고 읽어야 합니다."

"아(ア)라고요?"

"네. 그리고 '레이(冷)'의 왼쪽 변은?"

"응(ン)이죠?"

오사라기 시게루는 기쁜 듯이 고개를 끄덕였다.

"루비앙(ルビアン)……."

레이가 중얼거렸다.

"기타모토 선생님이 생각해낸 큰개불알풀의 새로운 이름 '루비앙'은 바로 기타모토 레이라는 의미입니다."

"아빠……."

아버지는 딸과의 약속을 잊지 않고 큰개불알풀에 새로운 이름을 붙여주었다. 그리고 그 이름의 유래는 '기타모토 레이(北元冷)'라는 딸의 이름 그대로였다.

"레이……."

요코가 레이의 손 위에 자신의 손을 포갰다.

"네 아버지가 마지막으로 전하고 싶었던 게 그거였구나. 레이와의 약속을 지켰다는 사실. 그리고 루비앙이라는 이름은 레이 그 자체라는 사실."

레이는 고개를 끄덕였다.

"소중하게 여길게. 루비앙이라는 이름."

레이의 눈에서 눈물이 한 방울 또르르 떨어졌다.

눈앞에 루비앙 꽃이 만발하다.

"예쁘다⋯⋯."

레이는 자기도 모르게 중얼거렸다.

"루비앙이 이렇게 예쁜 꽃이었구나."

옆에 서 있는 이마하리야마 아야가 말했다.

"그건 그렇고 이렇게 잔뜩 피어 있으니까 멋지다."

타카토 케이이치가 말했다.

세 사람은 지금 기타모토 히데키가 구입한 홋카이도 땅에 와있다. 땅은 생각보다 광대했다. 지금까지 발을 들여놓지 않았던 깊숙한 곳까지 들어가니 그곳은 루비앙 군락지였다.

"나, 이 꽃을 더욱 만발하게 할 거야."

레이는 눈앞에 있는 루비앙 초원을 바라보며 말했다.

"이 꽃을 다들 좋아하게 된다면 세상에 나쁜 사람은 사라질 것 같은 기분이 들어."

"우리가 루비앙의 이름을 널리 알리자."

아야가 말했다.

"레이의 아버지가 목숨을 걸고 전하려고 했던 이름이야."

"나도 도울게. 모든 사람이 루비앙이라는 꽃의 이름을 알

게 된다면 세상에는 조금이나마 다정함이 더 늘어날 것 같은
기분이 들어."

"고마워."

레이가 웃었다.

레이는 웅크리고 앉아 '루비앙'이라고 쓰여 있는 이름표를
땅에 꽂았다.

바람이 불고 눈앞의 루비앙이 한꺼번에 흔들렸다. 아버지
가 "안녕" 하고 손을 흔드는 것 같다고 레이는 생각했다.

● 주요 참고 문헌

*이 책의 내용을 예상할 가능성이 있으므로 본문을 읽은 뒤에 확인하기 바람.

『식물은 생각한다』, 오오바 히데아키(大場秀章), KAWADE 유메신쇼.

『'식물'이라는 신기한 생활 방식』, 하스미 고우(蓮実香佑), PHP 연구소.

『변화하는 식물학 확대되는 식물학』, 츠카야 히로자키(塚谷裕一), 도쿄대학교 출판부.

『그림으로 알 수 있는 식물의 세계』, 시미즈 마사코(清水昌子), 고단샤.

『잡초 박사 입문』, 이와세 도오루(岩瀬徹) · 가와나 다카시(川名興), 전국 농촌 교육협회.

『꽃의 재미난 필드 도감 봄』, 피키오(picchio) 편저, 지츠교노니혼샤.

『꽃의 재미난 필드 도감 여름』, 피키오 편저, 지츠교노니혼샤.

『들꽃 기본 50』, 나가타 요시오(永田芳男), 신린쇼보.

『노숙자 입문 우에노의 숲 신사록(紳士錄)』, 가자키 시게루(風樹茂), 가도가와분코.

『알기 쉬운 약사법』, 약사 법규 연구회, 지호.

*기타 서적 및 신문, 잡지, 홈페이지 기사 등 다수를 참고했습니다. 그 글을 쓰신 분들 또 유쾌하게 취재에 응해주신 분들에게 인사드립니다. 고맙습니다.

*이 작품은 허구입니다.